流星の貴公子

大原梨恵子
Rieko Ohara

文芸社

目次

大原 梨恵子 絵

京の巻

明王丸上洛

京の伏見へ着くと、すでに夕暮れが迫っていた。大戸を降ろす商家がそちこちに見え、ほのかに夕餉の匂いが漂ってくる。

風呂を焚いているらしい煙が白くぼーっと霞んで流れ、遠く鳥の啼き声が、旅愁をさそう。ここが京都か、明王丸《みょうおうまる》は暮れなずむ町を見回した。

「のう弥一、菅田という店《たな》はまだずっと先なのか？」

「はい。四条烏丸の通りで、ひときわ灯をたくさん揚げてお待ちしているとのことなので、行けばすぐ分かるとは存じまするが、何しろ私めも一度伺ってから久しいものでございまして……」

「母上の知り合いと申すが、大丈夫であろうかのう……」

彼方を見ながら不安げに呟いた。

「それはもう母御前様が内裏の官女様であそばされた頃の、たいそう懇意の店とお聞きいたしております。あの若君、少々お待ちを、ただいま提灯に明かりを入れますので……」

「ああ」

薄赤く照らし出された彼は、母の願い通り、大坂《おおざか》へ向かう船中で新しい衣裳に着替えていた。

菖蒲色暈の水干[*1]に朱色の単を重ね、立派な小太刀を手挟んだその風格と気品は、どこから見ても立派な若君だと小者の弥一は誇らしかった。

「道はまだだいぶ先なので、お疲れでございましょう。この辺でお駕籠などいかがでございまするか？」

「いや、ずっと船に揺られていたので、もそっと歩きたい」

「畏《かしこ》まりました」

弥一には、明王丸が心身ともに元気であることが唯一の救いであった。

数日前までの尋常でない性の倒錯による生い立ちがどれほどこの君に影を落としているか、激しい正室の妬心を躱《かわ》すために、姫君として育てざるを得なかった側室腹の長男明王丸に、側近が払った注意は異常であった。絶世の美女と謳われただけではなく、武芸秀逸の「咲耶《さくや》姫」様として専ら注目を集めていたからである。

しかし、成長とともに武道の掛け声がきっかけとなって疑惑が生じた。

そして夜陰に紛れての逃亡劇である。未だ正室に世継ぎなく、世が世なれば六万石のお世継ぎが、何の因果でお店《たな》の掛人《かかりうど》*2に……。弥一は装束店が近くなるほど暗膽たる思いが募り、秀れた若君であるがゆえの労《いたわ》しさに心が沈んだ。

明王丸はどんどん足が早くなり、振り返って、

「弥一、瀧世の御方（正室）の追手を逃れての船旅とは、我々はまるで落人じゃな。だが我は都落ちの落人にはあらず、京へ上る上洛じゃ、戦国武将たちが見果てぬ夢の上洛を我は今果たしたのだぞ」

確かに……小者と二人きりの侘びしい入洛《じゅらく》であった。だが彼は浮き浮きとしていた。

「ああ我はこれから男子として自由に生きられるぞ。弥一喜べ、これは何よりも幸せなこと、今日から私はこの京で、思いのまま男子として生きていく。咲耶姫とも決別じゃ。今日から我は明王丸ぞ！」

弥一は複雑な思いに乱れ、「何とお労《いたわ》しい……」と涙をこすって、ふと目を上げた。

「あっ姫《ひ》、若君見えて参りました。あの明々と明かりのついている店が菅田（装束店）でござりまする」

「おお、やっと着いたか」

明王丸は、ずっと被っていた塗り笠を取った。それは夜目にも鮮やかな容姿端麗、凛とした気品に豊かな「若衆髷」が艶やかな若君であった。

「あのう御免くださいまし、夜分誠に恐れ入ります。讃岐の丸亀から参りました京極の家中の者でござりまするが……。」

「ハイ、まあ、お待ち申しておりましたえ。遠路はるばる、さぞお疲れさんでおましたやろ。おみね、おちよ、早よお洗《すす》ぎ持って来よし」

何やら店中が一気に色めき立って、内儀のお杉はじめ女中たちが右往左往していた。

「あら？　若君様はどちらに？」

お杉が訝《いぶか》って周囲を見回すと明王丸は恥じらって、向こう側の暗がりに佇んでいた。それは薄暗さを切り取ったような華やかさで一見、陰間《かげま》*3のようにも見えたが、側へ来ると、気品に圧倒されそうで、お杉はハッと息を呑んだ。

菅田には、明王丸より二歳年上の一人娘がいるという。それらしき利発そうな娘が甲斐甲斐しく気を配っていた。

「さあ若君様、おみ足頂戴いたしますえ。どうぞお洗ぎさせていただきますよってご免やしておくれやす」

明王丸は無表情に足を出した。小盥の湯で己の足を洗ってくれている城中の侍女とも違う町の娘、彼にとって初めての経験であった。

「まあ、きれいなおみ足どすな」

娘が何気なく言ったひと言に明王丸は、ぽっと赤面し、「もう良い」と足を引いてしまった。しかしさすが年上の町娘、「何と初心《うぶ》な若君様」と、これからの毎日がどんなに楽しいか想像していた。

お店というには、あまりに奥行きの深い大きな屋敷である。弥一は、単なる知り合いにしては、持て成しが丁寧だと感じていた。

「まあ、若君様、こんな町家のお暮らしはさぞご不自由でもあらしゃいましょうが、若君様の御用はこの初が、何でもおうかがいいたしますよって、どうぞ何なりとご遠慮のうお申しつけくださりませ」

「これお初、前口上はよろしおすさかい、早うお膳をな」とお杉は娘の初をせかした。

「へえ、けど大事ないやろか、夜遅うに御膳のお召し上がりは……」

弥一は進み出て、「はい、あのそれではお言葉に甘えましてほんの少しばかり……」

多分若君が小腹を空かしているであろうと察して言った。

明王丸は浴衣重ねの丹前風の着物を着せられていたが、長身のゆえか少々身丈が短い。

間もなく山海の珍味と言うべきご馳走が並び、菅田は下へも置かない。おっこん（酒）もどうぞと饗されたが、明王丸は弥一に譲った。

これが町家の暮らしというものかと、明王丸は周囲をちらと見回すと、お杉と目が合った。若君の緊張がまだ解けていないと思ったお杉は昔話を始めた。

明王丸は、それが自分の知らない母の昔話であったので大変興味をもって聞いた。

「その昔、私の妹が宮中の御服所*4へ上がっていた時のこと、同所の頭《かしら》の右京太夫*5という女房のお香袋を、うっかり紛失してしもたんどす。何でもとても大切にしてはった物なので、菅田で縫って弁償しても許されまへん。自害も覚悟で困り果てていたところ、若君様の母上の命婦《みょうぶ》様*6が、お取りなしくださってほんまに助かりましたえ。上位の方のお取りなしなので右京様もご観念あそばされ、ほんにどんなに助かったか分からしまへんえ」と、当時が蘇って涙ぐんだ。

「それが、今また、その命婦様の若君をお預かり申し上げることになるとは、世の中の御縁てほんまに不思議どすな。まあ、すんまへん。長旅でお疲れさんのところ、こんな、無駄話しよってからに……」

明王丸は母の昔を知って感無量であった。

「いいえ、お話嬉しゅうござった。何やら母らしい……。懐かしく思いますぞ」

「さあさ、若君様のお部屋設えておますよってに、お初、案内《あない》申し上げてや」

明王丸には二間続きの立派な部屋が用意されていた。わずかの恩に報いるため、お杉は一所懸命である。しかし、同じ京で生母「園生の方」の実家の話は一つも出てこない。わざとしなかったのだろうか。話してどうにかなるものなら、菅田へなど明王丸を預けるはずがない。弥一は、ひしひしと若君の孤独が胸に迫った。

夜半から降り出した雨音が、寝もやらぬ二人の心に侘びしく響いた。


さて、京の一夜が明け、弥一は帰り支度をしている。

「もう帰るのか？」

「ハイ。御方様が、お首を長うにしてお待ちでしょうから……」

「ところで私はこれから先、ずっとこの店におるのか？」

明王丸は心細げに尋ね、周囲を見回した。

「はい、もうじき御元服もあそばさなければなりませんが、まずは当分、こちらに落ち着かれてから次の段取りをと、御方様はお考えのようでござりまする。さぞご不自由でもございましょうが、これからは皆々ご自身でお身支度も調え、御身を守ってゆかねばなりませぬ。若君を一人置いて去りますのは私めも断腸の思いでござりまするが、二人ともにこちらへご厄介になるわけには参りませぬ、でも、お方様の命で、時折はお伺いできるやもしれません。どうぞお気を強うお持ちあそばしてくださりませせや」

弥一は、使い走りの己が心底情けなく辛かった。

「まあまあ、せっかくお越しやしたのに、ほんまにどこも見物せんと、お立ちやすのんか？」

お杉は頭の手拭いを取りながら聞いた。

「ハイ、御方様も、さぞご心配だと存じますので……。大きにお世話になりました。あの申し訳ございませんが、どうぞ若君のこと、くれぐれもよろしくお頼み申します」

弥一の声がしんみりと沈んでいった。お杉は園生御前から貰った手紙の返事を土産とともに弥一に托す。心残りの悲しみに打ちひしがれた弥一の背が哀れで、ことのほか小さく見えた。どんなに後ろ髪を引かれる思いで去っていくのか若君の将来に何の光も見えない現状が、ただただ残念でならないのだろうとお杉は胸が詰まる。

笠を手に持ち、朝靄《あさもや》の中を振り返り、振り返り去っていく弥一を明王丸はじぃーっと見つめていた。身じろぎもせず、いつまでも立ち尽くしている若君の姿に、いいしれない孤独の翳りを感じたお杉親子は、なす術もなく軒下に佇んで様子を見守っていた。そしてこれからしっかりと若君をお支えしなくてはと、改めて覚悟を定めたのだった。

お初は、明王丸の深い捷《まつげ》の奥に、計り知れない悲しみの澱《おり》を見たのだった。比叡おろしの冷たい風が、端正な若君の横顔を吹きさましていった。

＊1　水干＝狩衣を一層簡便化し、水振りにして干した紗、綾、平絹等。元は少年の料。

＊2　掛人＝隠まい人・居候。

＊3　陰間＝歌舞伎若衆で舞台に出されない前の修業期間。舞台子・物売り・かげこ・男色を売る少年。

＊4　御服所＝天子の御召物は残らず仕立てる。七人あり。

＊5　右京太夫＝御服所における一番上席の役職。有位・有官の者の娘、無位無官の士《さむらい》の娘と両方から出る。

＊6　命婦＝掌侍《ないし》の次位。三頭と呼ばれる一つに入っている。大典侍《おおすけ》・勾当内侍《こうとうのないし》、伊予命婦《いよの》（頭）、この内から御差《おさし》（御下《おしも》様・天皇の御手水にお供をする）を出す。名前は出身国の名をつける

京の道行

お初は、明王丸の美しさに舞い上がっていた。

弥一が去ってぼんやりしている明王丸の心の空白を埋めるかのように、お初は何くれとなく話しかけ、近所の散歩や、買い物とはこのようになどと、初体験をさせ、さすが年上であった。明王丸にとって市井の暮らしとはどんなものか、男子となって思いきり活動するぞと思ってはみたものの、どうすれば市井に馴染めるか、見当もつかなかった。そんな自分をお初の誘導が徐々に柔軟にしてくれたのだった。

そして今日は八坂神社に出かける約束であった。明王丸は、お杉親子がとても自分に気を遣ってくれることが済まなくもあり、嬉しく温かい気持ちにさせてくれるのが心に沁みた。

明王丸の着物は、来る前からどっさり国元から届いている。外出時のお召し替えと言ってお初はどんどん部屋へ入って来て、明王丸の着替えを手伝おうとするが彼は、「ああ、お初さん、弥一が何でも全部自分でするようにと言いおいていきましたから、私は、それに慣れねばなりませぬ。どうぞお構いなく」

「まあ何とお労《いたわ》しいこと、ほんまによろしおますのんか？」

「はい」

自分と年の近いお初に対して、本当は恥ずかしいのであった。

お初は、何とか自立を試みる若君が傷《いた》ましくもあったが、一緒に出かけられることの喜びで、ことさら美しく装い、精一杯気張った。季節の先取りで桜色の小振袖に蘇芳《すおう》*1色の唐織で桜と観世水*2をあしらった、何とも優しげな帯を締めていた。明王丸は青色暈《ぼかし》に青海波を霞取りにした小振袖を着流しにし、立涌模様の帯を片流しに結んである。この帯だけはお初に結んでもらった。

とても少年には見えないすらりと長身の明王丸と、きれいな娘盛りのお初が一緒の道行きに、すれ違う人皆振り向いた。

知らない京の雅《みやび》な街を、頼り甲斐のある年上のお初と一緒のそぞろ歩きは、彼にとって、久々に心の安らぎを得て楽しかった。時折、眩しそうに彼を見るお初の視線に戸惑いながらも、かつてない解放感と楽しさが心を満たしていく。

神社にお参りのあと、二軒茶屋に立ち寄り、お初が田楽を頼むと明王丸は、物珍しそうに、

「豆腐とは、あの豆腐か？」

「へえ、焼いたお豆腐にお味噌がついて、そら、おいしおますえ」

明王丸は、お初との距離が一気に縮まったような気がしていた。

「明日はどこへ参りまひょか。行くところがぎょうさんあって迷いますねえ」

「青蓮院はこの近くであろうか」

「へえ、お隣さんのようなところどす。けど、ようご存じどすね」

「うむ、何でも門跡寺で天台座主*3の住房であったというので、ぜひ拝観したいな。狩野永徳*4の襖絵もぜひ。本当に京は宝の山よの……」

「そうどす。けど、これから長いご逗留になられますよって、毎日少しずつ回らはったらお体に障りまへんやろ」

「でも、そなたは、こんなに毎日出かけて家の方は大丈夫であろうか？　絵図でもあれば私一人でも……」

明王丸にとって、今までこんなに友達感覚でもの言う人がなかっただけに、とても新鮮で楽しいと思った。

「そないなご心配には及びまへん。ところで若君様は、もし今のご身分やおまへんやったら、何のお仕事につかはります？」

「そうよな、絵師か、僧侶か……」

「えっ、坊《ぼ》んさんどすか？　なんでまた、そないなもんに……？」

「あれはたしか、十一、二歳の頃であったか……平家物語を読んで、この世はすべて無常だと……だが源氏物語でも同じであろう？　輪廻の世界そのものが無常よの……」

「へえぇ？　そないやったら毎日生きといやしても少しも楽しいことおまへんやろ？」

「いや、この京へ来てから、こうしてそなたと楽しい毎日が過ごせることは、地上の楽土も捨てたものではないぞ。お初さんには感謝しておる」

「まあ、大きに……」と言ってお初はぽっと頬を染めたので、明王丸はそれが、ことのほか可愛らしく見えて思わずじっと見つめた。

風が少し出てきて枝々がそよぎ出している。会話が少し途切れ、お初はふと明王丸を見た。憂愁の深い瞳で遠くを見つめている彼の高い鼻の上にほつれ毛が揺れていて、それを細い指先でかき上げている。この君の複雑な生い立ちと、冷めた感性が相まって、感動を忘れた生涯を送ることのないようにとお初は祈るのであった。

「あ、若君様、大変申し訳おへんのどすが、これから衣紋の高倉卿[*5]のお宅へ父からの伝言をお伝えせんならんので、ほんのちょっと寄り道さしてもろてよろしおますやろか」

「はい。それはもう。したがそんな大切なご用であったら、先に行くべきではなかったのか？私のために済まぬことを……。許してくだされ」

「いえいえ、それが、今日でのうてもよろしいご用どす。ご心配おかけして、えろう済んまへん。ほな、ちょっとお待ちやしておくれやすね」

菅田へ戻ったら結構な時刻になっていた。他人の家であるのに真綿のように温かく包んでくれる菅田の家族に、味わったこともない家庭の温もりを感じて心地好い毎日であった。

お杉は、日々の明王丸を見るにつけ、こんな優しい息子がいたらどんなにか……と身分違いを忘れていた。

今日は賀茂社、明日は神泉苑等々、明王丸は毎日美食と行楽に明け暮れる自分にふと、劉備の脾《ひ》肉の嘆[*6]を思い浮かべていた。ただ漫然とお初と浮かれ歩いていてよいのだろうか……国元からの音信がないのをよいことに……と明王丸は、そろそろ己が身の上の立ちゆく算段を何とかしなければと思い立ち、久しぶりに母に手紙を書くことにした。机に向かい、文章を考えていると、遠く釣瓶井戸の水音とともに女たちの笑い声が聞こえてくる。これが町屋の暮らしというものか、彼はすっかり心も癒され埋没しそうになる。

そんなある日、菅田の店先へ二人の屈強な侍がやって来て、明王丸のことを根掘り葉掘り尋ねていったと、店の者が奥へ馳《か》け込んできた。

さては国元からの刺客に違いない、何と執拗なと、お杉は血の気が引いた。国を乗っ取ろうなどと思ってもいない若君を何ゆえ消そうとするのか、勝気なお杉は、そんなことさせてなるものかと、考えを巡らしていたが、今日も二人は未だ帰って来ない。途中大丈夫であろうか、大切な預り人に……と思ったら胸はドキドキと脈打ち、思わず表に飛び出して周囲を見渡した。急いで夫の工房へ注進し、夫も仕事どころではなく、明王丸の身をどこへ隠すか、夫婦は秘かに額を寄せて相談した。

夫の嘉兵衛は、すぐさま得意先の土御門《つちみかど》*7家宛に手紙を書き、至急弟子を走らせる。しばらくして土御門家からの返書をたずさえた弟子がハァーハァー言いながら戻って来た。

片時も早く若い二人が戻ってくることを願って、お杉は何度も外へ出ては手をかざし、やたら呼吸だけがせいせいと荒くなっていくのだった。

「お母はん、ただいま戻りました」とのんびりした声。

「ああ、お初、それどころやあらへん。早う若様を土御門のお邸へお隠しせんならんよって急いで駕籠呼びよし」

「いよいよ来たか」明王丸の目がキッと光った。

「さいなあ、若様にはずーっとずーっとおいでにならはってほしい思うとりましたんに。ほんまに残念どす」

「お母はん、今駕籠の二丁も三丁も連《つら》ねたらようけ目立ちますやろ。夜を待って行かはった方がよろしおますやろに」

「ああ、そやった。ほな、晩の御膳でもいただいてからにしまひょか」

明王丸は正座して、

「嘉兵衛殿はじめ皆の者に迷惑かけ、誠に申し訳ない。お詫びのしようもござらぬ。私のことでしたら夜を待ち、一人にてそっと出ていくので、どうぞもう心配せぬよう……」

「そないなことでけるわけおまへん。そないい水くさいことおっしゃいますなえ、ほんまに悲しなりますえ」

我を忘れて大声を出し、狼狽しているお杉をお初は初めて見た。

皆々気もそぞろの夕餉も終わる頃、菅田の夫婦は、明王丸の次の隠れ家「土御門家」について話す。昔から陰陽師の家柄で、ご当主晴康様は優しいが気難しいところもあるお方ゆえ充分気ィつけてやと予備知識を授けたのであった。

＊1　蘇芳色＝京紫に近い紫色（赤みのある紫）。

＊2　観世水＝中央に渦巻状のもの、左右に波紋が広がっている。
＊3　天台座主＝一山の寺務を総括する最高位の僧職。比叡山延暦寺の長。
＊4　狩野永徳＝戦国・安土・桃山時代の絵師。城、寺院に多くの障壁画や襖絵、屏風絵など残し、信長・秀吉に仕える。探幽は孫。
＊5　高倉卿＝宮廷装束・衣紋道（高倉流）の家元、初代は八〇二年、（長良）天皇、上皇、姫宮の装束を司り、山科家とともに皇室にご奉仕、現在まで続いている。
＊6　劉備玄徳＝中国『三国志』の主人公。便々と無為に時を過し、肥えたるさまを嘆く。
＊7　陰陽師土御門＝安倍晴明を祖とする。中務省（宮廷）の直轄に「陰陽寮」が置かれ、天文・怪異・暦など司る。室町時代に「土御門」となる。

盛装の星

「若君様、しっかり御膳をいただいてお腹を満たしておくれやすね。土御門はんは宮中の『陰陽寮』のお家元はんやさかい、また少々気ィが張りまっしゃろけど、ほんまは、ええお人やさかいねえ」

先刻は気難しい人だから気をつけてと言ったはずと、明王丸はさらに緊張した。

お初は「若様、これは金平糖で、何かお口寂しい時にでも召し上がっておくれやすね」と差し出した。

「皆々本当に申し訳ない。楽しく過ごさせていただいた今までのこと、心より感謝御礼申す。忝《かたじけ》ない」と頭を下げた。

時雨《しぐれ》が上がって、外の木々もしっとりしていた。夜陰《やいん》に紛れて三丁の駕籠が走っていく。明王丸は、菅田夫婦に連れられて土御門家の重厚な門を潜った。広い庭の一隅に結界を示す四手《しで》が張られ、中央の渾天儀《こんてんぎ》*1がいかにも専門職の公家の館といった風格が感じられた。

「陰陽師?」明王丸は、緊張とともに興味津々であった。

お杉は、初お目見えだからといって、彼に紫苑《しおん》色熨斗目《のしめ》の小振袖を、ぐっと抜衣紋《ぬきえもん》*2に着せ、桜色の肩衣、半袴に盛装させた。それは折目正しい晴康の気性を知っているからである。

この夫婦が土御門家に対する気の遣いようは並ではない。明王丸はかなり気難しい人物を想像

した。しかし、装束調進のお得意様というだけで自分を引き取ってくれるという。摩訶不思議な関係が京都にはあるものなのか、彼は頭が混乱しそうになる。明王丸は、そっとあたりを見回した。

　公家の館の襖は、白いままのさっぱりしたものであった。武家屋敷のように、大松や虎など、こてこてと威圧的なものはなく、ごくあっさりと、究極の粋のようにも感じられる。床の間の掛け軸も、周囲に溶け込むような色の宙回しで、和歌らしきものが書いてある。楚々とした活花、沈香《じんこう》のほのかな香りが漂い、障子を背にして低い屏風が立て回してある。緑青の夜霞の廃屋に、手枕して外を眺める貴人が描かれている。明王丸は、それらを眺めているうち、これは「伊勢物語*3」の絵巻を写したものではないかと思う。彼の内面にそれほどの違和感がないのは、彼の母もまた公家の出であることに由来するのかもしれない。とその時、静かに襖が開いて、当家の主人、土御門晴康が現れた。

　見るからに知的で品格高い人物だ。気さくな一面もあるからといって、それに乗ってしまうと、たちまち嫌われるというかなり繊細な部分をもっていそうな初老の公卿であった。明王丸は菅田夫妻が相反する人物評を言った意味が分かったような気がした。

「菅田はん、よう見えられはったな。先日はまた結構な衣冠《いかん》*4を大きに……」

「いえいえ、お気に召していただきまして有難さんどす。ご挨拶痛み入ります」

　菅田嘉兵衛は平身低頭した。

　晴康は、「で？　今日は、こちらのお方が京極家の若さんかいな？」と盛装の明王丸を見た。

彼はハッと手をつかえ、

「京極明王丸と申しまする。このたびは誠にご厄介おかけ申し、心より陳謝申し上げ奉ります。いかなる星の下《もと》にての生まれ合わせか、かような仕儀と相成り、重々恥入り申し奉ります」

「ハハハハ」晴康は途端に笑い出し、愛《いと》しい者でも見るように目を細めた。

「今星とお言やしたな、そやそや、人間と星は運びが一緒や。けどアンさんのは星は星でも流れ星や。イヤーのっけからうちの世界に入っといやしたか。まあまあ菅田はん、こないな美しい星をよう連れといやして、ほんま嬉しいな。大きにな」

晴康は一目で明王丸の気性を見抜いて喜んだ。

「えっ？　まあ、お気にかのうてウチらもほんまにホッといたしました。土御門はんやったらもう安心どす。若君様、ほんによろしゅうおましたな」

夫婦はほっとした。

「おきよー、お茶まだどすかあ」

晴康の上機嫌な声がお茶を催促した。

「へえ、ただいま」

「昔はな、京極家ゆうたら近江で宇多源氏の名家やったのに、今丸亀どすかあ？」

カタッと明王丸の背後でかすかな音がした。振り向くと、すーっと襖が開いて、鉢に盛られた菓子と、抹茶茶碗が目についた。

間もなく菅田夫婦が、夜分のことゆえ、これにて失礼つかまつりますと言って席を立った。明王丸は、晴康に目で合図をして玄関の式台まで見送りに出ると、夫妻の顔にホッとした安堵と、一抹の寂しさが滲み出ていた。

明王丸は式台に座って手をつき、

「今まで、計り知れぬ温情にあずかり、何と御礼の申し様もござらぬ。何とぞ皆々息災にて過ごされまするよう心より願っており申す」

「そないご丁寧なご挨拶いただいて冥利につきます。騒ぎが静まらはったら、またどうぞどうぞ、いつでもお越しをお待ち申し上げておりますさかいに」と嘉兵衛が深々と礼を返した。

「まあまあ、お大名の御子やのに、そないお頭《つむ》下げはって、ほんまに痛み入りますえ。若君様もどうぞ、御身お大切にな。いつでもお待ち申し上げておりますえ」

言い終わらないうちに杉は涙にくれ、襦袢の袖でそっと拭っていた。次から次へ漂泊《さまよ》うこの君が、なまじ美し過ぎることがまた哀れだと杉は悲しくなったのだ。

晴康は一部始終を見ていて、この若者には、僅かな間にも人の心をとらえる巧まざる資質が備わっていると冷静に見ていた。

明王丸は懐紙にしたためた御礼の歌をお杉に手渡していた。

　　ほのぼのと　柔《やわ》き褥《しとね》に温もりて

　　　　有難かりし　人の情よ

杉は無言のまま頭を垂れ、歌を懐中し、去って行った。

晴康は明王丸の前に静かに正座した。

「さて、京極の若さん、次々と見知らぬ家に運ばれて、さぞしんどいことどすやろ。けどこれも、そのような星を生まれつき持っといやすさかい流れるんや。どうにも仕方おへん。けど今にきっと良いこともあるさかい、辛抱しいや。どうぞここを自分の家やと思うてな……」

「いえ、勿体なき仰せ」

「若さんのお部屋は、うちの部屋の隣どす。菅田から若さんのお荷物は運んであるさかい、明日おきよに手伝わせますよってにな」

「誠に相済まぬことにござりまする。したが、皆自分で致すよう申し聞かされておりますゆえ、すべて大丈夫でござりまする」

晴康は、眉目秀麗なだけでなく、極力人に迷惑をかけぬよう思い遣り、自分を律する姿勢が人を魅了していくこの明王丸という人間の清々しい優しさを見て、己が目に狂いはなかったと悦に入った。

「さあ、今夜はもう遅うおますさかい、若さんもどうかゆっくりお寝みやすな」

「はい。有難う存じまする」

明王丸は緊張の疲れもあって、いつの間にか夢路にいた。

「若君様、お目醒めであらしゃいますか」

おきよの呼ぶ声が襖の向こうでしていた。

明王丸は早くから目を醒まし、本紫の小振袖に茶宇《ちゃう》の袴*5を穿き、武家風な拵えで座っていた。

「お床お畳みいたしまひょ。あちらの座敷に朝餉の御膳がでけておりますよって、どうぞ冷めんうちに……」

「晴康様は？」

「ハイ、あちらでお待ちどす」

明王丸は枕を持って「あの床は、私が片付けますほどに……」と言ったが、

「いえいえ、とんでもない。御前様《ごぜん》に叱られますよって堪忍《かんにん》どっせ」


晴康は炊きたてのご飯の湯気の中にいた。陰陽師の家といっても仕事場以外は、さほど変わったところもなく、ただ、琵琶や鞨鼓、箏などが床の間に立てかけられているのが印象的で、いかにも公家の館らしい雰囲気であった。そう言えば、自分も龍笛*6や箏など随分やっていたなと、明王丸は懐かしげにそれを見ながらお膳の側へ歩を運んだ。

「ああ、若さんお早うさん、昨夜はようお寝みやしたか？」

「はい。よく寝ませていただきました」

「そら何よりやな。ところで若さん、舞楽の心得おまっしゃろ？」

「はい、少々」

「やはりな、道理で何とも所作がきれいやさかい。ああ、済まん済まん。早う御膳お上がりやす」

そして、食後の一服という時に、晴康が言った。

「さてなあ若さん、家においやしても退屈どっしゃろ、何かやりたいことおましたらどこか習い事に行かはったら気ィも晴れまっしゃろ」

「有難う存じます。私はこの京で名画に接するうち、幼い頃に習ったことを想い出しました」

「そやったら狩野はんのところへ通ってみなはれ、探幽様《たんゆうよう》*7を嫌う人もおますやろけど、まずはやってみてからやろな」

「私は探幽の格調と優雅な画風は好きでござりますれば、ぜひ」

絵画は、城中でもよく画《か》いていて、欲しがる侍女たちに喜ばれたものだった。それから毎日せっせと画塾へ通う美しい土御門の若様として、たちどころに近所の評判になった。

菅田のお初は、その後も時折明王丸の元へ好物の京かまぼこや麩《ふ》まんじゅうなどを届けにやって来た。が明王丸は家の者の目を意識して家へは上げずに、自分がお初とともに庭先で話し、帰る時は門外で立ち止まり、それはまるで、後朝《きぬぎぬ》の別れを惜しむ男女の姿のようであり、明王丸を窺う刺客の格好の標的となってしまったのだった。

＊1　渾天儀＝天文観測を行う器具。七条梅小路の土御門屋敷に貞享元年、土御門と渋谷春梅が天文観測台を置き、幕府に貞享暦を採用させた。現在梅小路に梅林寺（菩提寺）、円光寺にこれを建てた台石が残る。

＊2　抜衣紋＝元は「のきえもん」とも言われ、北条氏（小田原）の若侍たちの間に上品な着付として流行した。後、歌舞伎に風習が残り、女性の間に流行した。

＊3　伊勢物語＝在原業平は連れ去られてしまった恋人の廃屋で月が傾くまで泣き伏していた。「月やあらぬ春や昔の春ならぬわが身一つはもとの身にして」が有名な歌である

＊4　衣冠＝朝服だった「束帯」の略装、公事でない時の参内服。束帯の表袴《うえのはかま》代わりに奴袴《さしぬき》を用い、後、正装として用いられた。

＊5　茶宇の袴＝薄地の琥珀風の織物で細かい縞・格子が多い。天和、貞享の頃には西陣で織られた琥珀の中薄地の精巧なものを茶宇といった。家康のお小姓もこの袴を着用した。

＊6　龍笛＝篳篥《ひちりき》が主旋律を奏し、龍笛が同じ旋律を装飾部に吹く、笙は和音（また先頭を切ることもある）。篳篥は雅楽の短い縦笛。龍笛とともにメロディーにて和音に優先する、透明感のある音質、かん高い。

＊7　探幽様＝江戸前期の絵師、狩野探幽の画風をいう。豪壮な桃山様式を温雅な画風に仕立てた。二条城障壁画、春日局や後水尾天皇の肖像画等が残る。山水・花鳥など。

土御門の嘆き

それは少し汗ばむような晴れた日であった。

明王丸は、画塾での帰り途《みち》、お初とばったり出会う。お初は明王丸に狩衣[*1]を縫って届けに来たが留守だったので、仕方なくそれを置いて、塾の方まで歩いてきたのだという。

「ああ、お逢いできて、ようおました。ウチが縫った狩衣をお届けに上がったところやったんどす」

「エエ？　私の？　何だか申し訳ない。そんな高価なものを、済まぬことじゃ」

狩衣は、別に彼が頼んだものでもないが、お初の厚意に感謝した。

お初は、僅かの間に明王丸がしっかり物の価値観が理解できていることに対して驚きもし、だんだん自分の手の届かない範疇に行ってしまいそうな気がした。

「お初さんはいろいろ贈り物をくださるが、私はお初さんに何をしてあげたら良いのか……」

「いいえ、うちはただ、そぞろ歩きのついでにお届けしているだけどす。そないに恐縮しはると若様らしゅうのうなりますえ」

明王丸が京へ来たての頃、夢見心地で祇園界隈を回った時と今の彼は微妙に違う。言葉少なになったお初に、明王丸は、

「そうじゃ、お初さん、今日は何か美味しいものをご馳走します。何がよろしいか？」

「ええっ、私に？」

今までと逆の立場になったことは、彼が充分成長したことを物語っていた。

「そうやねえ、ほな葛切りでも……、まあ、嬉しおすねェ、大きにー。葛はな……」

夢中になって葛の話を交わしながら歩いているうちに、はや夕暮れとなり、遠くで鐘の音がしていた。人々が足早になりトロリとした京の夕景は彼にとって何となく心地良かった。結局葛切りは逢魔時《おうまがとき》を避け、明日にしたが、時すでに遅かった。後ろから見知らぬ小者風の男が明王丸に声をかけてきた。

狩野のお師匠様が、明王丸にぜひ頼みたいことがあるので呼び戻して来てほしいと頼まれました、すぐお戻りくださいとのこと。明王丸は何事たらんと小者とともに取って返した。しかしお初は、何かこの小者が怪しいと土御門へ注進していた。

寂しい小道にある祠の一角へ差しかかった時、小者がふっといなくなり、代わりに、屈強な侍二人が抜刀して明王丸に襲いかかった。結構な太刀筋である。不意をつかれた彼は蒔絵の短刀を抜いて応戦するが、敵の切っ先が滑って手首から己の血汐が飛ぶのを見た。ああ、せめて使い慣れた小太刀でもあったら負けまいに……と思いながら彼は仕方なく、露地から露地へ、逃げるが勝と曲がりに曲がって疾走した。

どこをどう走ったか見当もつかぬまま、少々茂みのある垣根のあたりに忍び込んだ。すぐ訝る女の声が近づいてきた。

「誰え？　そこにおいやすのやろ」

「はい、申し訳ございませぬ。無頼に襲われましてお庭先を拝借させていただきました。すぐ立ち退きますゆえ何とぞご容赦を……」

女が手燭を持って狭い庭に出てきた。年の頃は二十代後半であろうか、なかなか垢抜けて元は何者か、という感じであるが、純な雰囲気が可愛らしく見える女であった。

「あああ、お怪我してはるやおまへんか。早う手当して血イ止めんとあかん。どうぞかましまへんさかい上がっとくれやす」

「はい、忝けない」と言って立ち上がる時によろけた。

どうやら足の筋を痛めたらしい。女はさっと明王丸の手を取って縁先の踏み石まで連れて来た。明王丸は、いかになんでも、初めての他人の家へ上がれるほど世慣れてはいなかった。縁先へ腰をおろすと、女は、すぐさま薬箱らしきものを持って来て、傷口は一度洗った方が良いと言い、手桶の水できれいに洗うなど甲斐甲斐しく手当をしてくれた。そして明王丸の顔にまで飛び散った血を優しく拭き取ってくれたのだった。その時、彼の顔近くに寄った女の眼差しは、母親のような慈愛に満ちていた。

「このように手厚い介抱をいただき、心より礼を申す」

「そんな、御礼やなんて、当たり前のことしたまでどす。他にどこも痛いとこおまへんか？」

「はい。どこも。重ねがさね忝けない。では失礼仕《つかまつ》った」

と言って立ち上がると、女が引き止めた。

「あ、ちょっと待っとくれやす。今おいでにならん方がええのん違います？　先刻から提灯の明

かりとお侍らしい声が、行ったり来たり、もうちょっと様子見はった方が……今度見つからはったら、そのお命亡《の》うなりまっせ」

「それもそうか」

そして明王丸は不思議に思っていることを尋ねた。

「あの、お宅には誰方《どなた》も他におられんようだが……このようにお邪魔してもよろしいのであろうか？」

「へえ、誰ァれも居いしまへん。旦那《だな》はんは、いつ見えはるか分からしまへんさかいなあ」と、女は寂しそうに横を向いた。

明王丸が、今まで見たこともない種類の女であった。しかも洗練された美しさと、町方の気安さをもっている。このような女の人が一体毎日何をして暮らしているのか、しかも一人で……と、自分の怪我も忘れて明王丸は少しずつ、この女の不思議さに興味をもった。ほんの少しの退廃と、孤独感と、極めて女らしい笑顔がたまに来る旦那のために仕舞ってあるというのか？　明王丸は、また一つ、京の摩訶不思議に出合った気がした。

「若衆さん、アンタはん綺麗過ぎるさかい、どこぞの女に頼まれたお侍たちと違いますの？」

「そんなー。それの方がどれほど気が楽か分かりませぬ」

と明王丸は嘆息した。

「ああ、まあ、深いご事情おありなんやね。ウチみたいに来る日も来る日も一人でただボーッと暮らしているもんには分からへんことなんやろね」

「ボーッと？　でも何かはしているのであろう？」

「そら、日々の御膳の支度やら掃除やらはしますえ。それと庭の草花に水あげたりとか、でも……」

「でも？　……」

「夕方になって、あっこの箪笥に夕日が当たるのを見ると何や、寂しいて堪まらんのやわ。何やらとっても辛うおましてな、もう身を切られるように寂しいてなあ」

「あそこに夕日が？　……あ、でも私にも憶えがあります。船の上から見た夕日。でも、身を切られるように寂しいとは、可哀そうにのう」

「あの……どうぞこれをご縁にぜひおいでやしておくれやすな。ウチきっと、もうそれだけがお願いやわ」

「え？　よろしいのか？　だが実は、どこをどう逃げたのか分からないので、この家がどの辺にあるのかも見当もつかぬ」

「ほな、今道を書きますよってに……」

玄関先に提灯の明かりとともに侍の声がした。

女は、さっと明王丸を屏風の陰へ押し隠し、「へえ、誰方《どなた》はんどす？」

「身どもは、土御門の家の者でござる。こちらに当方の若君が、もしやおいでかと存じ罷り越し申した」

聞き憶えのある声で土御門と聞いて、明王丸は飛び出した。

「おお、若君、ご無事でござりましたか。ああ助かった。ようござりました」

「このお方に助けてもろうたのじゃ」

「いいえ、大したこともしてしまへん。あっ、気ィついたら、お茶の一杯も差しあげんと……」

「それは重々忝のうござった。心より礼を申す。さ、御前様がお待ちでござる。早うお帰りを……」と促す侍を女は押しとどめ、「あの、若君様、おみ足を挫いておられますえ」

「さようか。では若君、さ、身どもの背中に……」

「大丈夫じゃ、これしきのことで」

侍は、「おみ足曳きながらでは遅うなりますゆえ、ご無礼！」と言って一人が明王丸を持ち上げるや、もう一人の背に乗せた。

「いろいろ本当に造作をかけ申したな、忝けない、有難う」

明王丸は侍の背から一礼した。

「やっぱり若君様やったのやねえ、道理で……またどうぞ、いつでもな、待っといやすさかいに、いつでもな。あ、ちょっと待っておくれやす」

と言って女は庭先から桔梗の花を一輪手折って明王丸に差し出した。

「あ、有難う。美しい桔梗じゃな」と言って彼はすかさず自分の帯の間からさっと扇子を抜いて彼女に渡した。その素早い所作に、侍たちは、内心、この若君、案外その方の素質がありそうだと顔見合わせてニッと笑った。以来、その女は彼らの間で「桔梗の女」と名付けられた。

その帰り途、明王丸は聞いた。

「そなたたちは、どうして私があの家にいることが分かったのじゃ？」

「ハイ、提灯の明かりを頼りに何度も行ったり来たり。どうしても、そこで血の滴りが止まっておりますものですから、もしやと……」

「ああ、なるほど、そうであったか、なるほどな」

お初は、まだ土御門にいて、明王丸の帰りを待っていた。彼の顔を見ると、「ああ、ご無事で。お帰りやす。よろしおしたなあ」と跳び出してきた。

あまり無事でもないのにお初にとっては、彼の命があるだけで充分であった。彼女は涙ぐんで、手疵を負った明王丸の肩を優しく撫でた。

「お初さん、土御門へ知らせてくれて本当に有難う。あの連中は、とうとう牙をむいてきたようで……」と言って俯いた。

袂は裂け、手首から流れた血で衣服が染まり、髪を乱して弱々しく柱に掴まって立っている。何とも凄惨な姿は、誰もが凄まじい応戦であったことを胸に刻んだ。

そしてお初は、この君の尋常でない生い立ちに心から同情を寄せたのであった。

明くる朝早く、お初がやって来た。やはり心配で眠れなかったと言って明王丸の具合を尋ねた。昨晩の、明王丸の愁いに沈んだ顔と乱れ髪で儚げに柱に掴まっていた姿を初めて見た。それが鮮明にやき付いて離れず、じっとしていられなかった。しかし、あれから明王丸は一向に起きる気配もなく、ずっと眠ったきりだという。が幸いに手首の疵は足の方より早く癒えるであろうとのことであった。

ひと安心して帰っていくお初の足どりは重かった。私が足繁く土御門邸に通うから、きっとそこから足がついたのだ。お初は口唇《くちびる》を噛んだ。

しかし誰よりも責任を感じ、慙愧《ざんき》の念に苦しんでいたのは晴康であった。

このようなことがあると大変だから、菅田が蒼くなって土御門へ頼んできたのに、何ということを。私は油断という「魔」に気を許した……己が悍《おぞ》ましい。

晴康は、心から悔み嘆き、花のような若衆を迎えて久しぶりの活気に浮かれていた自分を心から反省していた。

明王丸の枕元に晴康の姿が沈んでいた。食事ものどを通らずげっそりと窶《やつれ》れてしまった。菅田に対しても、申し訳がたたない。

明王丸が眠りから醒めると、枕元に座って居眠りをしている窶れた晴康がいて、薄目をあけた。それを見上げて明王丸はニッコリ笑う。

「おお、目が醒めはったな。どや、お粥さんでも食べられるか?」

「はい有難う存じまする」

「そんな、いちいち礼など言わんでよろし。おきよ、早よお粥さん持っておいで」

晴康の顔がパッと明るくなった。しかしこの期に及んで、まだいちいち礼を言う明王丸の律義さと礼儀正しさは、心の底から好みではあったが、もう少し甘えてもらいたいとも思っていた。

お初はこの頃どうかしている。明けても暮れても何かボーッとしていて、物憂げで、明王丸の話ばかりしている。若様はご無事なのだから心配には及ばぬとお杉が言っても、目は空虚だ。お杉は、これはひょっとして……と思う。恋の病につける薬はない。若君を危ない目に遭わせたのだから、土御門の家へ行くことも自粛せざるを得ない。

お初も、楽しかった明王丸との想い出にさ迷っているしかないのだった。

＊1　狩衣＝平安の初期からある。公家の略服で、古くは布製、これを「布衣《ほい》」という。後に、綾羅を用い、袴は上等な指貫を穿いた。四季の色目を異にし、多種の色あり、女子の表着、五衣などのかさねの色に匹敵するほど多種なり。

加冠之儀

何日か経って土御門家から使いが来た。

明王丸が加冠之儀《かかん》[*1]を済ませられ、名前も明王丸から高道《たかみち》という名になったと言ってきた。いわゆる元服である。晴康は、自責の念から逃れるように明王丸の元服に念を籠め、新しい門出をつくったのだった。

菅田では、土御門へ行く良い口実ができたとばかり、お杉はお初を伴い、赤飯や鯛、紅白の蒲鉾などを持って久しぶりに土御門邸を訪ねた。お初は髪を御所風の「つぶ一」[*2]に結い、赤蘇芳の振袖に、薄い鶸《ひわ》色に金銀を織り出した帯を締め、最高の装いである。

今日の邸には、どうやら夜に祝いの来客もある様子。松の間へ通されると、すっかり元気になった明王丸の後ろ姿があった。が、振り向いた顔は全く違う。

「ええーッ?」

明王丸の顔は見事に様変わりし、眉も細くし顔にはほんのり薄化粧がほどこされ、どこから見ても匂い立つ花の公達である。奉書に「高道」と書いてある。お杉親子は、しばしの間言葉もない。晴康はニコニコして、

「お内儀も、お初さんも祝うてくだされ。今日からは明王ではなく『高道の君』やで。『高』の字は代々の京極家が名乗る字ィや」

杉は、「まあ、おめでとうさんどす。花のような公達《きんだち》さん[*3]や。ずっと前からこのお姿のようにぴったりどすわ」と言って、お初とともにしげしげと見る。

「ああ、よいお名やこと。まるで源氏の君や。ほんまもんの源氏の君がおいやしたら、きっとこのようやったやもしれまへんな」

高道は手をつき、「お二人とも、その節はいかいお世話になり申した。お初さんにも大変な迷惑かけ申し……」と伏目になった。二人が、あまりまじまじと顔を見つめるので、彼はほとんど顔が上げられない。

晴康は自慢げに言う。「よう似合いまっしゃろ？　ほんまもんの公達より、花の公達や、これほど公家風のよう似合うお方は、この京にもたんとはおりまへん」

晴康は心から悦に入っていた。

「高道」となって髪を冠下[*4]に結い、立烏帽子をつけ、紅藤色の狩衣に遊び心の紋様をつけ、薄萌《もえ》葱《ぎ》の単《ひとえ》を重ねた姿はいとも艶やかな公達であった。

「いやーまあ、ようお似合いどすな。お初、ほれ、この間お持ちやした狩衣どすやろ。お初が少々ありきたりでないもん作りたい言うて、この色と柄にしましたんや。まあ、お初見てみい、まるで人形のようや」

「そうやろ、そうやろ。やはり若さんは武家より公家の拵えの方が似合うんや。やっぱり宇多源氏の血ィやろか」と上機嫌な晴康であった。

ご祝膳をいただいたあと、晴康は言った。

「今日はめでたい日ィやさかい、高道さん龍笛吹けるやろ、わて琵琶を弾じまひょ。萬歳樂《まんざいらく》など、どうえ」

「畏まりました」

お初は、彼が笛を吹けるとは知らなかった。高道は優美な装束で龍笛に興じ、晴康は即興で琵琶を奏でた。

かくなればこそ、公家の館から響く優雅な旋律に春の庭は華やかに彩られ、極楽の世界もかくやと、草木まで陶然と聞き入っていた。

お杉親子が帰りしな、高道が玄関まで見送りに来た。そしてお初の耳元でそっと、「手紙は見てくれましたか？」と囁いた。お初はそれこそ初耳であった。

これはきっと、母が、火に油を注ぐ心配から彼の手紙を見せなかったのだと察した。

それにしても、この堂々たる公達ぶりはなんであろう。まるで水を得た魚のようではないか。公達など見慣れているお初でも、もはや彼はアッという間に風のごとく自分の手の届くところにいないことを感じた。改めて過去と現在のあまりに早過ぎる高道の変わりように、お初がどう足掻いても追いつけない根本の違いをひしひしと感じて空虚であった。それはもう理屈ではない。

夜になって、晴康と親交のある、月卿雲客達の賑々しい酒宴に高道は歌を詠み、管弦を奏し、雅びに悠々と接待した。晴康にとってはまさに自慢の極みであった。そして盛宴に酔いしれた公卿衆も引き上げ、後片付けの女中たちも散り、邸内はしいんと静まり返った。

＊1　加冠之儀＝天武天皇（六八三）十一年、結髪、加冠の制が定められ男子の元服に相当する、髪を束ねて切り揃え、冠または烏帽子をいただく儀式、これを「初冠《ういこうぶり》」「初元結《はつもとゆい》」とも称する。男子十五歳、女子十三歳。

＊2　つぶ一＝宮廷における島田髷。見習女官や公家の姫など家居の時に結う。江戸大奥の「御守殿島田」から移った髪形で、髷かけを紫紐で結び優雅。

＊3　公達＝皇子孫・諸王・貴族の子息。平家一門には「公達」、源氏一門には「御曹司」とする例有り。公卿の子息全般も言う。

＊4　冠下＝総髪で一か所にまとめ、巻き結んだもの。冠や烏帽子を冠った時に髷の髻を巾子（冠の）などに入れ、髷と帽子を固定させるのに都合の良い髪形である。

夜半の月

高道は夜半になっても眠れず、女房用の臙脂の単《ひとえ》*1を羽織ってそっと広縁に出た。片膝を立て、月を眺める。この同じ月を故郷の母も……と思う。美しい満月が松の上で輝いている。先日来の刺客騒ぎが鮮明に蘇ってきた。

やはり弥一が言っていたように、正室の幼君が病弱なのは高道が呪いをかけているからなどと、ずっと思い続けているらしい。陰陽師の家にいることも立派な理由になる。この先どうしたものか。邪推に追い回される人生とは、あまりに情けないではないか。彼の目から一筋の涙が頬を伝った。

いつの間にか、晴康が後ろに立っていた。

「若さん、うちもよう眠れまへんのや。けど若さんの眠れへんとは理由《わけ》違います。うちは嬉しゅうて眠れまへんのや」

「えっ、どうして？」

「あのな、若さんは今日すっかり生まれ変わらはった。今までの明王違います。名は人をも左右します。そやから、若さんは今日殻を脱いで脱皮したんや。昔は昔、今は今。今は昔と違うんや。昔は引きずるもんやなく、昔の上にしっかり立たなあきまへん」

「本当にそうでした」

「自分が鬱《ふさ》いでいると、ふさぎの霊が寄ってくるんや。『今晩は』ってな。九字を切りなはれ、教えたやろ。『陀羅尼経《だらにきょう》』*2でも『般若心経《はんにゃしんぎょう》』でもよい。特に般若は、いつも唱えていれば、そんなくだらんもんも寄って来んようになるんや。先祖供養の経でもあるんやで」

「ああ、何やらすっきりいたしました。感謝いたしまする」

「さようか、ほな、ゆっくりお休みやす」

晴康は、出口の見えない高道のために明日にでも属星《ぞくしょう》の祭り*3をしようと思った。そして暫くの間、晴康は高道の外出を禁じたのだった。

が、高道は家にいても少しもじっとしていない。毎日笛を吹いたり、箏を弾いたり、武術、論語、舞楽等々、静かになった例《ためし》はなく、絶えず何かしらの音がして、若々しい活気に満ちていた。

晴康も楽しく、侍や女中たちまでも何やら皆気分が浮き浮きとする。再び館中が晴れやかな気分になっていった。

晴康は、この際高道自身の身を守る方法として陰陽道をかじることも良いであろうと、安倍晴明が纏めた『占事略決』*4を読ませることとした。そしてその傍ら反閇《へんばい》*5という、今日でも古典芸能に取り入れられている足踏みの呪法を授けたのだった。

＊1　臙脂の単＝単の仕立で、小袖の上、五衣の下に着るもの。大きく仕立てられている。地紋は幸菱が多い。

＊2　陀羅尼経＝菩薩が他から聞いたことを心に留め、忘れぬ力、神秘な力を保持し、これを唱える者を守護し安らかにする。

＊3　属星の祭り＝暦で、その年に当たる星、子年は貪狼星。丑亥は巨門星。寅戌は禄存星。卯・酉は文曲星。辰申は廉貞星。巳未は武曲星。午は破軍星となる。個人と天下国家にとっての災厄を払う。

＊4　占事略決＝式占のマニュアル。

＊5　反閇＝一条天皇が新築の内裏に環御した時、安倍晴明は、この呪術を奉仕貴人が外出する時にも行い、禹《う》歩《ふ》と呼ぶマジカルステップを踏んで外出の安全を守った。

桔梗の女

そんなある日、晴康が外出から戻ると、いつになく家中がしいんと静まり返っていた。

「おきよ、若さん見当たりまへんが、どこぞへ行ったんかいな？　ウチに黙ってどこへも行くわけないいんやが……」

「へえ、ウチも存じまへんが、おうめに聞いて参りまひょ」

おきよは厨《くりや》にいるおうめに声をかけた。

「へェ、若君様は、お馬に乗らはってどこぞへお出かけで、御前様がお見えでないので、よろしく伝えてくれとのことどした」

「エエッ馬で？」

「何でも、馬やったら早うに逃げられるとかで……」

「で？　お支度はどのようやった？」

「へえ、直垂《ひたたれ》*1どした。伊助はんに上げてもろたのでは？　ほんで烏帽子《えぼし》お忘れで戻って来はったと思たら、簪《かんざし》を売ってはる店はどこかと……」

「ふーむ。大仰な拵えやな……」

晴康はおきよの報告を受けて、何かピンときた。先日高道を背負って帰ってきた侍二人を呼ぶ。侍たちは、口々に、あの桔梗の女のところに違いないと言い、若君様のことだから、御礼の挨拶に行かれたに相違ないと言う。二人は顔見合わせて意味ありげに頷いている。晴康は、どうも良からぬ予感がした。

「分かった。その家は、とうに家の者が御礼に参った家やろ？」

「ハイ、でも、若君様は一度もお伺いではないので、それで今日……」

「あのな、これからすぐ行って、呼んで来よし。ウチが待ってるさかいと言うとくれやす」

「畏まりました」

高道は馬を走らせ、辻々を探し回っていた。

たしか、この辺か？　……と思い、見回すと、前栽に咲いている桔梗の花に見憶えがあった。隣家から陰気な薗八節[*2]が聞こえる。

「ご免、頼もう」

「へえ、誰方《どなた》はんどす？」聞き憶えのある優しい声がする。

「ハアッ若君様？　おいでやしとくれやしたんか。まあ、すっかり公達さんになられて、誰やろか思いましたえ」

「その節は大変世話になり、その後いろいろ取り込み事のあって、なかなか御礼に参ることできず、無礼仕った。許してくだされ」

「そんなそんな、無礼やなんて。まあどうぞ、どうぞ、お上がりやしておくれやす。まあ、嬉しおす。こんな嬉しいことおますやろか」

半元服[*3]の女の顔は上気していた。「よう、ここがお分かりやしたな」

「ハイ、庭の桔梗の花を目当てに……」

「何と嬉しいこと、ほんまに有難うさんどす」

「いえ、礼を申さねばならんのはこちらの方で」

「あ、ちょっと待っとくれやすね。今お茶をいれますさかい」

女はいそいそと台所へ立った。今日もこの家には誰もいないのか、庭の片隅で虫のすだく声がか細く聞こえた。部屋は小綺麗で、置床《おきどこ》*4に桔梗の花が活けてある。ふと見ると、夕日が当たると寂しいと言っていた箪笥の横に茶櫃《ちゃびつ》が置いてあり、その中に夫婦《めおと》茶碗がちらっと見えた。それが妙に生々しく、見てはならぬものを見てしまったというバツの悪さに、早く失礼しようと見構《みがま》えた、その時、「こんな粗茶で、若君様にお出しできるもんやおまへんけど、堪忍どっせ」

「いえ、どうぞもうお構いなく。あのーこれは御礼の標《しるし》に簪《かんざし》なのだが、どうであろうか」と言って彼は懐から桐の小箱を差し出した。

「まあ大きに、こないな銀の平打《ひらうち》など高価なもんを……ほんまに嬉しおす。先日の扇も、ウチの一生の宝どす。有難さんどすね」女の目は潤んでいた。

「この簪は後差《あとざ》しゆうて、後ろへ差すもんやさかい、すんまへんがちょっと差しておくれやすか？」と言うなり彼の目の前に白い項《うなじ》を差し出した。

「エッ？」

こんな次第になるとは思いもよらず、すっかり狼狽しながら高道は簪を手に取り、

「あの、この辺でよろしいか？」

などと言って女の後ろ髪の髱《つと》のところへ簪を差し込みながら、手がぶるぶると震えていた。

女はそれを流し目で感じて微笑した。それはすでに勝ち目の笑みである。

「ああ、大きに」と言って女は合わせ鏡をし、「まあ、きれいやわ。若君様、ほんまに有難うさんどすね」と言いながら鏡の中に高道の顔を映し出し、目を合わせるやニッコリと笑った。それは最も怪しい蠱惑の囁きである。

彼はハッと、思わず微笑し、すぐ恥ずかしそうに俯いた。

女の一人住まいということの何ゆえに？　という興味はあっても、主ある花を手折って愉《たの》しむ、密夫《みそかお》的銀流し*5には、まだほど遠い蕾《つぼみ》の花であったのだ。彼は今までこのように、生の情感をぶつけてくる人間に出会ったことがない。どうして良いか分からず、腰を浮かした。

「まだ帰らんといて……私、こんな美しい御方様と出会ったことおへん。もう少し、ゆっくりしておくなはれな。あれからずっと、若君様のことばかり考えて、何にも手につきまへんなんだえ」

溢れんばかりの涙を湛えて高道を見た目が、そこはかとなく哀れであった。

そして、その指先に布が巻かれ、痛々しく血がにじんでいる。

「その指はいかがした？」

「毎日毎日、若君様のことばかり考えておりましたもんやさかい、とうとう包丁でね……」

と言って女は目を細めて微笑した。その瞳はとろけるように美しく、そのはんなりとした艶《なまめ》かしさに彼は目が点になった。いかに奥手の彼でも、今まで見たこともない女の濃厚な情念に当てられ、なす術《すべ》もなく固まった。

その時玄関先で、聞き憶えのある侍の声がした。

「御免っ、身どもは土御門の家の者でござる。こちらに若君様おいでと存じますれば、お取り次ぎを……」

高道は渡りに舟と取り次ぐ前に出て来た。

「御前様が、お待ちでござりますれば、至急ご帰館くださりまするよう」

「分かった、分かった。今参る」と言ってそそくさと、「それでは、いかい造作であったな」と女を振り返った。

「いえいえ若君様、どうぞまたおいでやしておくれやす。もう道もお分かりやしたやろ？　一日千秋の思いでお待ち申しておりますさかいね」と言って女はたっぷりと色を含んだ美しい瞳で高道を見つめながら、そっと袖を引いた。侍たちは目のやりばに困ってあらぬ方を向く。

馬に乗って先頭を行く高道の後ろ姿に、何やら艶めいた気配が感じられ、晴康でなくとも侍たちは、何か笑ってもいられぬ危険な成り行きを感じつつあった。晴康は妾宅であることも分からない初心な高道がたちどころに骨抜きにされる魔性の女を懸念するとともに、菅田に対しての申し訳にも、また刺客対策にも良好と一計を案じたのであった。

晴康は高道を一室に呼ぶと、

「あのな、出家という意味ではありまへんのやで、間違わんようにな。若さんの気ィも変わってよろしいと思うので一時、比叡山[*6]か、高尾の神護寺か、どっちゃに行きとうおますか？」

「私は一度神護寺へ行ってみたいと思っておりました」

「さよか、ほな式占を立ててみるさかい、お菓子でもいただいて待っとってや、おきよ、若さんにお茶持っといなはれ」

と言いおいてセカセカと奥の間へ消え、やがて戻って告げた。

「待たせたな、世の中なかなか自分の願い通りにいかんもんやな。若さんには比叡のお山がよろしい方位と出ました。若さんガッカリやも知れんけど」

「いえいえ、叡山も好きでござりますれば喜んで行かせていただきます」

次の日の明け方、高道は濃色《こきいろ》[7]の水干[8]に薄萌葱《うすもえぎ》の単《ひとえ》を重ね、立烏帽子を被り、殿上眉も涼やかに何とも臈長《ろうた》けた姿で、珍しく厨《くりや》へやって来て、「おきよさんは？」と尋ねた。三人ほどの女中たちは、そこに目の醒めるような公達が立っていたので目を丸くして、「おきよはんはっ、鶴の間どす」と言った。後ろからざわめきが聞こえてきた。

高道は、おきよに自分が色紙に描いた蘭の絵をお初に届けてほしいと頼んだ。別れの挨拶のつもりであった。

二丁の駕籠が、玄関の式台のところで明かりをつけて待っている。まさに夜明けの早立ちである。

「おきよさん、皆さん、いろいろ世話になり申した」

おきよは、高道から預かった色紙をしっかりと胸に抱いていた。高道は長身の身を深々と折り曲げて心から礼を述べ、駕籠の戸をそっと開けて皆に目礼を送る。

おきよは色紙を抱き目頭をおさえて立っていた。まるで流星のような閃光を残して流れ去っていく高道が哀れでならなかった。

＊1　直垂＝絹・布、金襴・紗などで作り、着物の打ち合わせと同じ（鎧直垂など）袖にくくりのある広袖。始め庶民の服、後に武家の礼装公家も用いた。衿に打紐がついている。

＊2　薗八節＝名曲、鳥辺山心中など、塩谷縫之助と傾城（遊女）浮橋との心中物語。嫋々《じょうじょう》と美しい旋律、宮古地豊後椽が創始、一世を風靡した。

＊3　半元服＝お歯黒で眉は剃っていない。

＊4　置床＝最初から床の間として作られたものでなく、厚板を置いて床の間の空間をつくったもの。

＊5　銀流し＝銀の加工品。きせる、簪等、贅沢品、メッキなどではげやすい。転じて、見かけ倒し、まやかし、プレイボーイの意。

＊6　比叡山＝千二百年の法灯を守り続けている。一山全体が延暦寺であり東塔、西塔、横川、坂本、八瀬等々。このうち西塔の「瑠璃堂」は信長の焼き打から唯一まぬがれた建物。

＊7　濃色＝濃い紫色（深紫）。

＊8　水干袴＝水張りした布で作られた。水干小袴の二種あり。袴は上下共布、上着を袴の下へ入れる。

比叡山の御童子

比叡の山々は、吹く風がさらさらと顔に心地好く、無色透明であった。

一山に堂宇が点在し、皆雅《みやび》であることに驚かされる。優しげで、敬虔な心に誘いながら奥深い修行の厳しさまで、至福の一刻に転化させてしまうような不思議の寺院である。大講堂の脇にある大鐘の「ぐおーん」という物凄い余韻によって、この世の汚濁《おだく》が、すべて天界の彼方へ清め去られていくのだろうか。天空に最も近い山として、修行修験《しゅげん》の山として、数知れぬ求道者《ぐどうしゃ》たちがこの山を目指した心の奥が納得できる。

高道は、このようなところに一生を捧げても悔いはない。否、ぜひそうありたいものだと思いつつ、ここが、我が終焉の地ではないかと、しみじみと見渡した。

僧坊へ着くと、本覚《ほんかく》という晴康と懇意の僧が出迎えた。なかなかの偉丈夫である。

「山道は大変でございましたでしょう」と労いつつ高道が持っていた荷物を受け取る。

それは皆本覚への土産物である。

「そやな、だんだん年ごとにしんどなりますな」

「書面で拝見いたしましたが、いろいろ、込み入ったご事情で大変ですなあ」

やがて稚児が茶を運んできた。

「ほんまに、少しでも長う生きるということは、それだけいろんな目ェに遭ういうことやろな」

と晴康は述懐した。

本覚は、晴康の後ろ隣に、神妙な顔付きで座っている美形を、何とかしてくれということだなと察していた。

晴康は居ずまいを正し、高道の方を振り返り、「実はお話の者は、この子のことでおまして」と、高道はすっかり息子状態である。

「今すぐこの子をどうにかというわけにもいきまへんが、国表の事情がどうにかなるまでこちらさんで御童子なりさしていただいて、また阿闍梨《あじやり》様か僧上様ご相談のうえ、新発意《しんぼち》の道も考えてはおります。が、まだ御母堂にもお知らせしておりまへん。何しろ急なことどしたさかいな」

晴康は一気にここまで言って、冷えた茶をごくりと飲んだ。それを見て高道も我慢が解けてゆっくりと茶を啜った。

本覚は「ま、当山にいる限り、不測《ふそく》の事態はまず起こりませんから大丈夫ですよ。どうぞご安心なさってお任せください」と答えた。

「あーほんまどすか、それは有難いこと」

本覚は、晴康から諸事情を聞いたうえで、快く匿《かくま》ってくれるというのだ。本覚はまじまじと彼を見つめ、どうしてこのように器量秀れた若者が排斥の憂《う》き目をみるのであろう。否、あまりに秀れているゆえに消される運命にあった歴史は多々ある。これが憂世《うきよ》というものか、ヤレヤレ気の毒に……と慨嘆《がいたん》した。

「さて土御門さん、今日はもうお疲れでしょうから、どうぞ宿坊へお泊まりください」

「大きに、そうしたいのは山々どすけど、いろんな用も山積みやので、今日のところはこれにて失礼さしてもらいます。ほんまにほんまに心の底から安堵いたしましたがな。本覚殿、恩に着ます」

「いやいや、これも仏縁でございましょう。ま、大切にお預かりします。どうぞお心安うにお思召しください」

「ほな、よろしゅうお頼《たの》申します。若さん、よーく本覚さんの言いつけ守ってな」

「ハイ。どうぞご安心ください。したが、これから山道を下るの、大変ではないですか、お疲れでありましょうに」と、高道は心配そうに尋ねた。

「いや、駕籠待たしてあるよってに大事おへん」

高道は、何と人の別れの多いことよと嘆息しながら、去っていく晴康に懐紙にしたためた歌を一首手渡した。

流星の流るる命いづくにぞ　消え果つるとも明日またたく

晴康は、何と心強くも悲しい歌か、これはぜひ、高道の将来に光を当ててやらねばと心に誓ったのであった。

帰っていく晴康を高道は本覚と並んで見送った。

昼下がりの景色の中で、本覚は、しばし呆然と遠くの景色を見つめている高道を催促《さいそく》するでもなく、ずっと傍に立って見守っている。一方、高道は、信頼できそうな人で良かったな……自分の一生を托すかもしれないこの僧が、さすが晴康様と懇意なだけあるな、など、これからの人生を彼なりに整理していた。

部屋に戻ってから、本覚の前に手をつかえ、涼やかな目で真っ直ぐ本覚を見て言った。

「実は、私、かねがね僧になりたいと思っておりました。そうすることによって周囲が皆助かりますから……」

「分かりました。しかし、土御門殿や御母堂様のご意向もありましょうから、急ぐには及びませぬ。当分、寺の内外を見物さっしゃったらいかがです？　かなり広いので。ご案内しますよ」

だが高道は、それよりも早く僧としての修行がしたかった。そして本覚の許しを得て、僧たちの後ろで学ばせてほしいと頼んだ。本覚はただ笑っていた。否定がないだけで充分であった。

「でも、御童子さんのお仕事もしてもらいますよ」と、半分冗談のように言ったのに、「ハイ。何でもいたしまする」と神妙に手をつく高道を見て、本覚は、世の中何でこうなるのかなあと、しみじみ思った。

寺の一夜は寒かった。

早朝に起きて、震えながら白絹の寝巻を脱いで衣裳を着る。確か本覚さんは御童子もやってもらうと言っていた。御童子とは何か。多分武家方の小姓と似た役目か？　と想像した。歴史の深い格調をもった寺では、古《いにしえ》から童子という神聖な呼称の者の役割分担が厳然とあるのであろう。

彼は自分の身の上に起こっていることを布団の上に座ってじっくりと分析していた。

天皇の駕輿丁《かよちょう》である八瀬《やせの》童子は、本当の子供が輿を担ぐわけではなく、屈強な男たちが担ぎ上げる。神聖な奉仕者として、最も神に近い童子という呼称になったのであろう。だとすれば、我が身のように長身でも充分に許されることではないのかと、高道は思った。結局民間の寺小姓に類する役目であろうか。

正教坊坐圖に見るように「大童子十人配膳之料也。衣帯素襖長袴下髪銀平但童子数——」十人の童子たちが配膳したとあるが、重い御膳を正装の長袴を引いて運ぶなど、とても子供ができるものではない。やはり、大童子と呼称のある成人に近い男性が貴顕《きけん》貴僧《きそう》の配膳に奉仕したと考えられる……等々分析しつつ、部屋を出て行こうとしたその時、「お待ちくださりませ」と言って寺男が入ってきた。

「お髪《ぐし》結わせていただきます」と言うやいなや、高道を座らせた。そう言えば公家風の冠下であったが、今日からどのように結われるのであろうか。童子なのだから子供風にされるのかな？と思う。武家風の若衆髷で京へ来て、土御門で顔も髪形も公家風となり、今また大寺の御童子とは……めまぐるしく変わる我が身の変転に、嘆息の暇もない。

寺男は、器用な性《たち》らしく、手際良く彼の髪を百会に集め、一結びし銀の平髻《ひらもっとい》を飾った下髪《さげがみ》の、いわば童子の髪風で、髢《かもじ》を足して長くしたらしい。高道は自分が童子になる自信はなかったが、拵えはどんどん進められる。「これから、お顔を直しまする」と言うやいな、つと彼の顔に近寄り薄化粧し、御童子眉と称する八文字を描いたのであった。

「若君様は、もともと眉を剃っておいででしたので、とてもやりやすうございましたよ」

寺男が差し出した鏡を見て仰天した。

「エエーッ？」高道は絶句する。

私は猫か？　眉一つでガラリと変わり、まさに本来の顔の面影はどこにもなかった。

寺男はさらに言った。「これに素襖袴《すおうばかま》*1を着用いたしまするが、武家出の御方は長絹《ちょうけん》*2をお召しになります」

しかしそれは門跡相伴《もんぜきしょうばん》の堂上《とうしょう》*3家供応《きょうおう》の時で、今日は町の講中の方々なので、空色の水干《すいかん》でよろしかろうとのことであった。

高道は、ああ、さすが日本一のお山には未だ厳然と室町時代の伝統が守られているのだなと感心した。彼は確認のために問いかけた。

「あのー、その小姓ではなく御童子とやらいう役目は何であるのか？」

「貴顕貴僧の結願《けちがん》や会合の集会など多々ございますれば、大童子として素襖、長袴の正装にて配膳もいたしまする。その他信者さん講中の湯茶の接待、師の御坊の細かいご用伝達などですかな」

「ハイ、おおよそ分かりました」

「しかし若様が信者さんのご接待に一度でもお出になったら、もう噂になって大変でしょう。今までたくさんの方を見てまいりましたが貴方様ほどの方は一人もおりませなんだので……」

「冗談は止めてくだされ」

部屋を出ると、廊下にはすっきりとした朝の空気が澄み渡り、一日が厳粛に始まろうとしていた。高道はいきなり接待に出る勇気もなく、信者たちが大勢集まる広間の壁際に立って他の御童子たちの所作を見ていた。が、そのうち信者たちの目が一斉に彼に集中しだした。

「エッ何？」彼は恥じらい、耐えられなくなって水屋へ隠れた。信者たちの間で何やらざわめきが波のようにうねり、彼は再び出ていく気力が萎《な》えてしまった。そして同輩の他の御童子たちも、チラチラと彼に視線を送りながら目礼をしてくる。彼は、自分が新顔だから見られたのだと思っていた。

高道は今日の見学で大体の要領が分かった。明日はちゃんとやってやるぞと持ち前の負けん気がムクムクと頭をもたげた。

部屋に戻ってきた本覚は、高道の顔を見て大笑いをしている。彼は少々ムクれて「どうせ猫でございますから」とプイと横を向いた。本覚は宥めるように、

「さあ、今晩の御膳に『ひりょうず』の炊いたんが出ますよ。お寺の御馳走なんて、大したもんはありませんが、味は良いのですよ」

と高道をあやすように言う。

飛竜頭とはアレだなと、高道は菅田のおばんざいで食べた味を想い出していた。

「お布団は、どのように敷くのですか？」

「ハハハハ、貴方は掛人《かかりうど》なんですから、そんなことまでなさらずとも良いのですよ」

道理で、御童子の仕事はやってもらうといいながら、何一つ用を頼んでこない。

「でもここへ来た以上は何でもやるんだ」と彼は明日からを決心していた。

そんな心が本覚には丸見えである。大名の子らしいおっとりとした風格まで備えていながら、

凛とした気概が、本覚には可愛らしく思えた。

頭脳明晰とわかる澄んだ眼光に「このようなお子であったら、さぞ立派な大名となって国を治める素質を充分もっているであろうに。何と勿体ないことよ」と本覚は嘆息しつつ、袴を脱いでいる姿まで品格を備えている高道の姿をボーッと眺めていた。

高道は自分と似たような衣服を着た御童子たちと対等の気分で、一緒に働けることの新鮮さと面白さに毎日が夢中であった。が、他の御童子たちは、見るからに自分たちと土台が違う気品の高さにさりげなく一目おいていた。

毎朝、荘厳に響き渡る僧侶たちの勤行《ごんぎょう》の大唱和は、高道にとって前世から聞いていたのではないかと思えるほど、身が引き締まって心地良かった。

そうだ、本覚さんは後ろにいてもよいと言った。彼は、そっと講堂の壁際に一人座った。得もいわれぬ典雅な香華や天蓋、鐘の音など、瞑想すれば素晴らしい浄土の世界がそこにはあった。早く行きたいなあ……。

いつの間にか読経《どきょう》も終わり、周囲には僧侶たちが撒いた「散華《さんげ》」の花びらが散っていて、稚児たちがそれをせっせと拾い集めていた。

はっと我に返って、その中の一枚を手に取ってみると蓮の花びらで、美しい彩色が施されている。法要や祭りの時は樒《しきび》*4であることも知った。

今日も信者たちの講中のお接待に彼が出て行くと、若い女性信者たちに、ひそひそとざわめきが起こっている。いつものことだ。もう彼にとってそんなことはどうでも良かった。彼は淡々と湯茶の接待に励む。が、この頃妙に若い娘が増えたような気がした。

何かといえば、声をかけてきて、「厠《かわや》はどこ？」[*5]「気分が悪いので、どこかで休ませて」とか、際限もなくいろいろ言ってくるので、一日が終わるとさすがの彼もヘトヘトになった。

夜になって、衣裳を畳む時が、高道にとって一番苦手であった。一体いつ入れてくるのか分からないが、袂に、娘たちの結び文がいっぱい入っているのである。

「夜も眠れませぬ」とか「昼の幻我が身を削り」等々何やら気の毒とは思っても、ひたすら僧侶になりたい彼にとって、ただただ有難迷惑な心の重荷であった。

この頃では結び文を開きもせず寺男に渡している。髪結いの寺男は「何と羨しい限りで……」と言っていた。

そして最近では彼が下に着ている振袖と同じものを誂えて着てくる娘などいて、徐々に寺の雰囲気が華やかに変わっていった。高道はその中で最も華麗な花の中の花であり、寺の空気は一変し、人も増えていった。

本覚は、信者同士の嫉妬など、今に風紀が乱れることを恐れて、彼に、信者たちの前には出ぬようにと釘を刺した。その代わり、僧正様のお身回りを頼むと言う。がそれは、すでに他の御童子が付いているのであった。

＊1　素襖袴＝室町中期の武家の常服、近世では礼服。定紋・上と同様長袴。

＊2　長絹＝もとは絹の名。多くは白絹、長絹の水干の略とも。元服前の少年の料。
＊3　堂上＝昇殿を許された公卿の総称。殿上人。
＊4　榕＝比叡山に自生している、低い木の細かい葉。
＊5　厠＝お手洗い・東司。

階《きざはし》の語らい

高道は、毎回のように袂から出てくる女の結び文から解放され、奥向きのご用になってから伸び伸びと袴の紐を解いていると、外から寺男の罵声が手に取るように聞こえてきた。出格子の窓からそっと覗いてみる。自分の同輩ともいうべき仙吉という御童子が項垂れて立っている。それに向かって荒くれた寺男が罵詈雑言を浴びせているのだ。

「フン、毎日毎日、きれいなべべ着て女子供に湯茶の接待だけしてりゃいいんだもんな、全くいいご身分だぜ」

仙吉は色をなして、「イエ、それだけではありませぬ。お部屋のお掃除、配膳、師の坊のお世話、朝の勤行、教典の勉強など、数限りなくありまする」と言う。

「それがどうした。外へ出て寒風にさらされるでもなくさ、薪の一つも割るでなく、風呂の一つも焚くでなく、重い水汲みするでなく、あーあ、俺らは何の因果で貝殻掘りよだ」

「もう勘弁してくださいまし」

「ナニー、生意気な口利きやがる。瓶の水が少なくなったので、どうぞよろしくと何ゆえ言えねえんだ？　何様じゃあるめえし、二言目には師の坊、師の坊と虎の威をかってよ」

「そんなつもりで申したのではありませぬ。ただ、師の坊のご伝言をお伝えしたまででございますのに……」

「また師の坊かよ、何にもできねえヘナチョコ野郎が。口惜しかったら、ここにある薪の一つも割ってみんかい」

高道は思わず窓から叫んだ。「おお、薪なら私が割ってあげよう。待っておれ」

脱ぎかけた袴の紐を結び直し、股立《ももだ》ち取って*1馳《か》け出した。

高道は人が変わったように、

「オイ、男衆、あんまり人を傷めつけるな。そんなに申すなら、汝がその毛ムクジャラの汚い手で女子供にお茶でも出してみい。みんな驚いて逃げるであろうよ。人にはそれぞれ『分』というものがあって、天から定められた修行の種類だ。それを極めて天分とする人もいる。汝がいなければ寺も困るのだから、己の分がちゃんとあるではないか。天から与えられた有難い修行の道ではないのか。何をやっても無駄になるものは一つもないと本覚さんはおっしゃっておいでだぞ」

「フーン、偉そうに」

「汝の名は何と申すか？」

「俺様の名か？　作三よう。それが何だ。たしか薪を割るとか言ってたよな、さっさと割ってもらおうじゃねえか。せっかく勇ましい格好してんだからよう」

作三は、こんなしなやかな少年に何ができると優越感に鼻の穴がふくらんでいた。

「おお、さあ、次から次へ薪を立てろ」

高道は作三が置いた太い薪を、まず一撃でパーンと真二つに割った。

「ヘェー、まぐれに当たったな、それじゃこっちの大鉈《なた》を使ってみろ」

高道は武芸の達人で鳴らした姫君時代を想い出していた。

「おー、何でも持ってくるが良い」

とんでもない成り行きになったと隅に立って心配そうに見ている仙吉に、高道は早く去れと手で合図を送った。

次から次へ勢いよく割られていく素早い適中に、作三は度胆を抜かれていた。

高道は薪割りも剣の道も同じだと思う。彼にとって久々の武芸の稽古であった。やがて「パーン」と一際高い音がするや、跳ね飛んだ薪の一つが作三の額に当たった。タラタラと流れる血止めに高道は懐から美しい手拭いを出して彼の頭に鉢巻きをした。彼は慌てて「ああ、済まぬ、済まぬ。本当に申し訳ない。さぞ痛かろう」

「いえ、それほどでも……。それにしても貴方様はただのお人ではございますまいね」

その時、本覚と仙吉がやって来た。

「コラーッ作三、何をしてるんだ。そちらのお方はな、土御門様からの大切な預り人なるぞ。己の仕事を人にさせるとは何事だっ」

高道はすかさず、

「ああ、いや、薪割りをさせてくれと頼んだのは私の方じゃ。そのために薪が跳ね飛んで、額に怪我までさせてしもうた」

本覚は笑いを堪えて、

「ハァそれでか、およそ似合わぬ鉢巻きをしているのは。さあ若君参りましょう。こんなにたくさん割っていただいて、作三、よーく礼を申せよ」

「そのようなお方とも存じませず、誠に申し訳のないことをいたしました。どうぞお許し下せえまし」

高道は、「それより作三とやら、傷は大事ないか？　薪は明日の分まで割ってあるゆえ、明日までゆっくり致せ」

「有難う存じまする、ああ、済まなんだことを……」

本覚が飛んできたのは、仙吉が知らせに走ったからであった。

仙吉は何度も礼を言う。その素直そうな態度、清らかな瞳を見て、高道は話がしてみたくなった。本覚には、ひと休みしてからまいりますと断って、彼は仙吉と並んで回廊の階《きざはし》に腰を下ろした。

木々を渡る風がさやさやと頬を撫で、遠くから、可愛らしい小鳥の囀りが聞こえてくる。二人とも目を細めてぼーっと遠景を眺めていた。それは無彩色の空間に、目も彩な綾羅錦繍《りょうらきんしゅう》の装束の美であった。やがて仙吉は口を開く。

「本当に何と御礼を申し上げたら良いか。あの作三おじさんは、何ゆえか分かりませぬが私を目の敵にいたしまする。今さら家にも帰れませんので、ずいぶんと辛い思いをしてまいりました。でも、今日ばかりは胸がすっきりいたしました。若君様のお陰でござりまする」

「それは難儀な、さぞ辛かったことであろう。ところで仙吉さんは、ゆくゆくは僧侶になるのであろう？　それとも俗界に？」

「僧侶になるのが夢でござります。私の家は足軽で、下に弟と妹がおりますので、まさに赤貧洗うが如き窮状で、私は口減らしに寺へ出されたのでございまして」

「そうか、でも帰った時はちゃんと居場所があるのであろう？」

「ハイ、それは一応長男でございますから……」

「いや、長男でなくとも、一族で一人出家を出さば九族救われると申すから大切にしてくれるであろう」

「ハイ、今では下へも置かぬというか、現金なものでござりまする。ところで若君様はただのお方ではないと思っておりましたが、どちらの藩で？」

「それが言えれば楽なのだが、済まぬ」

「でもゆくゆくは御坊様におなりなのでございましょう？」

「うん、私は早くそうなりたいと願っているのだが、いろいろ事情があってのう」

「ご身分のあるお方もなかなか大変なのでございますね」

「そなたは良いのう、行く手がはっきり見えておるではないか」

「ハイまあ、それは良いのでござりまするが、もう早う頭を丸めとう存じます。信者さんの中には、こんな私でも秋波を送ってくる町娘や、時折は袖の中に付け文まで入っているのでござります。これから僧として生きる者には煩わしいばかりで……」

「そなたもそうであったか、ハハハハ……あ、そうじゃ」

やおら懐から財布を取り出し、小判を一枚取り出すと懐紙に包みながら、

「これは、そなたと作三痛み分けの『見舞金』じゃ。そなたは作三の毒舌で心が痛み、作三は私が飛ばした薪で額が痛み、相方半金ずつ分けてくだされ。作三にはそなたが薬代として渡した方が良いと思う。もう絡んでも来なかろう」

「えっえっこんなにたくさんよろしいのでござりまするか？　こんなにたくさん……」

「国を出る時、母から貰うたものだが、ほとんど使うこともないしな。こういうことに役立つなら、金も本望であろうよ」

「ああ、何と嬉しゅうござりますことか。早速母に渡します。母がどれほど喜びますことか。これもあの作三おじさんにいじめられたお陰でしょうか。有難う存じまする」

「いやー、しかし面白い考え方よの」高道は感心する。

その時遠くで本覚の呼ぶ声がしていた。

「ああ、若様、お呼びでござりまする。きっと夕餉の御膳ができたのでござりましょう。何やら良い匂いがしてまいりました」


彼は、仙吉と別れてから、一人感慨にふけった。素直な良い少年だと思い、きっと温かい家族の団欒の中で育ったのであろうと察した。あのキラキラとした喜びの瞳は先刻のお金を家族がどれほど有難く喜ぶことかを思い画《えが》いて幸せに満たされた瞬間であったのだろう。

高道は渡り廊下にさしかかると、秋の夕影に足を止めた。やがてすぐ冬になり、春になり、光陰早く己に巡って素晴らしい常世《とこよ》の国に降り立つことができたら、それは限りなく嬉しいことに違いない。否定されつつ生きねばならない身の悲哀は、墨染の世界に生きることすらも許されないかもしれないのだ。恐ろしきは人の心、思い込み。そうした者たちに救いの手はないものか、己はともかく……。

暮れなずむ景色を眺めながら、あと何回同じことの繰り返しを送ったら異界《いかい》の地へ行けるのか……。彼の心の中にいつも無常観が巣喰っている。仙吉の瞳のように僅かのことにも無上の喜びに満たされる心の弾力が己にはなくなってしまったのだろうかと、長い嘆息に沈んだ。

＊1　袴の股立ち＝袴の側面の部分をつまみ上げて帯を挟み、活動をしやすくする。「霜踏まば股立ちをとれ長袴」

瑠璃堂

僧正も本覚と同じく、高道に他の御童子と同等に用を言いつけることはなかった。しかし知的な彼の風貌を見て、慈円天台座主《ざす》の著作である『愚管抄』[*1]を読むように命じた。

高道はハッと喜び、僧正を仰ぎ見た彼の目がことさら光っていた。

「慈円様は藤原兼実公の弟御様で、たしか青蓮院にお住まいであられた御方のことでございますか。以前より『愚管抄』は拝読したいと思っておりました」

そしてそれを読んだら、ぜひ次に親鸞の『歎異抄』[*2]も読むようにと命じられた。この叡山からは、数多の名僧知識が世に出た。願わくは、我が身も、高徳な僧となって苦しむ人々を救えたらどんなにか生まれてきた甲斐があろうか。二つの書を大まかに一回目を読破した頃、叡山は、一足早く吹く風も蕭々《しょうしょう》と晩秋を運んできた。

そんなある日、「若君様はどこへ行かれたのでしょう。とんとお姿が見当たりませぬが……」と御童子の仙吉が少々慌てて、本覚の元へやって来た。

「えっ、釈迦堂ではないのか？」

「いいえ、心当たりの塔頭《たっちゅう》を皆お探し申しましたが、皆目お行方が分かりませぬ」

「そんなはずは……」

今まで所在が分からないなど一度もなかったはずだが……と本覚は思いを巡らす。

「分かった。探してみよう」

本覚は、逢う人ごとに尋ねるが、杳《よう》として行方の手懸りすらも掴めない。本覚はだんだん焦りの胸が早くなった。そんなはずは……という自信が揺らぎ、他の僧堂へ行くために慌てて外へ出た。日も傾きつつある山の中のどこにいるというのだ。

神隠しか？　彼に限ってそんなことは……九字の切り方も知っているはずと思うものの、さすがの本覚も徐々に余裕が失われていった。


高道は瑠璃堂を見学してすぐ帰るつもりで僧房を出た。広い山道から、左へ入る細い坂道を降りていた。この先に瑠璃堂があるとはとても思えない、けもの道のような細い山道であった。杉木立が鬱蒼と茂るだらだら坂を降りていくと、やがて左側に杉林が途切れ、はるか遠く眼下に玩具箱のような町並みが見え、その向こうに鏡を張った琵琶湖がキラキラと真紅の夕日を映し出していた。

「おーっ」彼はあまりに神秘な美しさに思わず感嘆の声を上げた。

そして振り返ると卒然と瑠璃堂が建っている。前から望みのお堂である。貴人のように端然とした趣をもったその扉に、夕日が御仏の光背[*3]のように日輪を画《えが》いている。仏の降臨ともいうべき神秘の極みであった。その神々しさに彼は思わずハッと跪き、数珠《じゅず》をかけて伏し拝んだのであった。

何と美しいお堂であろうか。色彩とて何一つないが木組みの細部に亘って美意識が注がれ，繊細で端正な粋が完結されているのである。あまりの感動で心が打ち震え、しばしお堂の周囲を何度も巡り、帰ることなど完全に頭から消し飛んでしまっている。呆然とし、理性を失っていた。日が沈むまで……。

ごーん、ごーん

遠く、入相[*4]の鐘が山々に谺《こだま》している。

「もし御童子さん、早うお帰りなさらんと日が暮れまするぞ」

「あっ堂守さん、ただいま立ち去りまするが、あまりの美しさに動顚《どうてん》いたしまして思わず長居をいたしました」

「ああ、いや、別にこちらはよろしいのですが、師の御坊がご心配のことと存じましてな」

年の頃なら三十代といったところか、何とも明るく、朗《ほが》らかな僧が立っていた。

瑠璃堂の左隣に民家風の家があり、そこで道は行き止まりになっている。家の横に薪が立てかけてあり、どうやら彼はここで暮らしているらしい。

「堂守さんは、いつもここで暮らしておいでなのですか？　お一人で？」

「はい、他に誰もおりませぬよ。でも庭に鹿が入ってきて困っておりますがな」

「お寂しゅうはないのですか？」

「はい、いっこうに。御堂内の薬師瑠璃光如来様《やくしるりこうにょらい》がいつも見守ってくださいますから。たまに町へ用達しに出かけても、とにかく早く帰りたくて、この比叡の山道を一刻弱《とき》（約二時間弱）で登ってきてしまうのですよ」

「ああ、何と崇高なお心内、羨ましく存じまする」

「いえ、そんな大したことでもございませぬが。瑠璃とは、美しい東方の浄土を意味し、西方は極楽浄土を意味します。ですから私は、瑠璃光の御仏と御一緒に東方の浄土に暮らしているのですから、毎日の作務《さむ》が楽しくて、有難くて、ひたすらお報いしなくてはと、いろいろ勉強もいたしております。あ、遅くなりますね、また今度ゆっくりお出でください。ここは夜半の月が美しくて、それは見事ですから……」

「はい、有難う存じまする。では、また今度ぜひに……」

「いつでもお待ちしておりますよ。そうだ、この次お出での時は美味しいお茶など差し上げますよ」

本当に社交上手といえるような陽気な僧であるのに、山間の侘び住まいが最高だと言う。

高道が立ち去っても彼はまだ冠木門の外に立って、姿が見えなくなるまで見送っていた。

何と、温かい人であろう。

高道は、下りてきた坂道をまた登っていき、あと少しで大きな山道に出るというところへ来て、月光を浴びた瑠璃堂は確か素晴らしいと言っていたが……と想い出した。高道は、この時すでに何かに魅入られていた。そして再び瑠璃堂へ取って返した……つもりであった。

あの御堂の美しさは、人の心を捕えて離さぬ魅力があるが、一番虜になっているのは、あの堂守さんであろう。そしてきっと薬師様にも必要とされているのであろう。

とつおいつ逃げ回って漂泊《さまよ》う己の生き様が脳裏をよぎった。あの堂守さんは「薬師様」に求められ、嬉々として働いている……羨ましい……と彼は深々と物思いに沈んだ。

本覚は息も荒く山内を馳《か》け巡っていた。水を運んでいた寺男に尋ねると、きれいな御童子が一人で、西塔の瑠璃堂の方へ歩いていく姿を見たという。

本覚は飛ぶがごとく瑠璃堂へ続く道を馳《か》け下りた。それは昔、三塔の勇僧であった「弁慶」もかくやと思わせるものである。もはや深い山の闇がしんしんと迫り、淡い満月の光が杉林を朦朧《もうろう》体《たい》*5の絵のようにぼーっと陰影深く見せ、あたりは静まり返る。本覚は堂守にも尋ねた。が、ずっと前に帰ったと心配そうに言う。ならばと本覚は再び元の道を辿った。風が強くなって木々が揺れてきた。その時、とんでもない方向から笛の音を聞いて馳《か》け出した。本覚は眼も開けられないほどの汗が額から流れ落ちていた。

高道は熊除けに、竜笛を吹きながらさ迷っていた。たしかにもと来た一本道を登っているはずなのに憶えのある道に出ない。迷うはずもないのに……と立ち止まってあたりに目を凝《こ》らす。一向に憶えのない杉林が風に揺れている。

月明かりの闇の中に、光った鹿の目がこちらを向いているのが不気味であった……とその時、

「お童子さん、笛上手だね」と背後から声がした。

ギョッとして振り向くと、山内では見かけぬ町の放下僧（僧形の大道芸人）が立っていた。

ハテ、誰もいないはずがいつの間に？

彼は一応「ああ、有難う……」と礼を言った。

「だが、御童子さん、その笛は迷いの笛、早くあの世へ行きたがっている音色じゃな」

「えっどうして分かる？」

「そら分かるさ。わしゃ本来、篠笛《しのぶえ》をやっとったからな。それに、あの世とこの世、年中行ったり来たりしとるしさ……」

「エーッ？　本当か？　嘘であろう？」

「本当よー」

「では、どうして黄泉《よみ》と現世を往環できるのじゃ？　何か修行でもしたのか？」

「いいや見ての通り、堕落《だらく》坊主じゃよ。あの世はな、心の清らかな奴しか取ってくれんのよ。わしゃ恨みやら妬みやら煩悩だらけで、すぐ追い返されて行くところがない。あの世との間に幽界とやらいうところもあるが、そこも居心地悪くてさ、だから時々娑婆《しゃば》へ降りてくるのさ」

「では、下界なら居心地良いのか？」

「いやあ、下界もこの頃不景気でな、供物も少ねえし」

「そんな煩悩、捨ててしまえば良いではないか」

「それができれば苦労はないさ。しかし御童子さんは笛も姿も心も美しい。わしゃ本当は町へ行くはずだったが、笛の音に誘われてこんな高い山に降りてしまったよ。ハハハハ」

放下は歯の抜けた口を開けて陽気に笑った。

「したが、御童子さんのような人は、きっと、あの世の神さんたちに気に入られると思うよ。あんたを連れて行ったら、わしゃ凄い冥土の土産になるがなあ」

「私は、どうせ国では要らぬ者ゆえ、お汝《まえ》に同道しても良いぞ」

「エッ本当ですかい？　いやー言ってみるもんだなあ。じゃあ、どうぞこの場でお果てくださ い。その先はわしが面倒みるから」

「分かった。お汝は大した死神じゃな。今宵は良い月だから、せめて辞世の歌でも詠んでから逝こうぞ」

〽ハア〜〜

「お汝は歌うな。四手こそないが、私の一間四方（畳二畳分）は結界とする。側へ寄るまいぞ」

「へえ、畏まりました。やっぱり御童子さんは、たいそうなご身分の御子なんだ。死ぬだけでも格式ばってよ。こんなお方をむざむざとあの世へ連れてったら、怒鳴られるかもな。やっぱり止めとこ……」

「ああ、いや良いのだ、気にするな」

彼は思い切り「青海波」を名残りに吹き、心を鎮めた。

本覚が必死に高道の名を叫びながら薄暗い山道を阿修羅のごとく馳《か》け巡っていると、比較的近い丘から笛の音が聞こえたかと思うとはたと止み、同時に高道の朗々たる辞世の歌が風にのって聞こえてきた。

その声はいつもの彼のようではなく、かなり疳高い声であった。

浄玻璃《じょうはり》*6の月も照覧　山もみじ

ともに散りなん　黄泉《よみ》の果てまで

「しまったっ」どうか死なないでくれ。本覚は慌てて、自分の存在を告げる返歌を、全身を振り絞り、破れ鐘のような大音声で歌い上げた。

望月《もちづき》も　定めに生きて欠《か》け満つる

逆らう烏滸《おこ》に　救いあらざりーっ

「どうか生きてくれ、どうか……」

本覚は無我夢中で滅多に行くことのない小高い丘をめがけて馳《か》け上った。

が、いくらも行かぬうち、キラリと光る物が見えた。それは高道が抜き放った小太刀であった。太い杉の根元を背に、高道が項垂れて座っていた。青白い顔に髪が吹き乱れ、胸元を開けて今にも切腹の段取りである。

何と哀れな姿だ。もう魂の灯が消えかかっているようではないか。

「何をなさるかっ、若君っ、とんでもないことっ」

本覚は怒りを爆発させていた。体中がガタガタと震え、全身に鳥肌がたった。

「ああ何ということを……」本覚は泣きながら刀をもぎ取るや、ひし、と彼の頭を抱きしめた。

有り得ぬ偶然に驚愕し、さすがの本覚も言葉に詰まった。

「一体何があったのでございますか？」

「私はっ私はっ」

高道は、肩で息をつく。理屈にならない行動は説明もおぼつかないのだ。

本覚は「喝ーっ」と叫んで高道の後ろでウロウロしている放下の死神を祓い飛ばした。

本覚の腕の中でぐったりしている高道に向かって諭す。

「若君、己を害することは、人殺しも同じことなのですぞ。あの世へ行って楽になろうなんてとんでもないこと、人は皆天からの借りものなのです。それをさんざん傷つけて『ハイおしまい』と言って天へ返すのですか？　天だって怒りますすぞ。せっかく霊魂の質を昇格させてくださるために修行せよと、この世に生を降ろし賜った厚意を無にするのかと、この世の何倍も苦痛を受けまするぞ」

高道は、やっと口を開いた。

「しかし、私が消えれば多くの人が助かるはずぞ」

本覚は大きく首を振った。

「人の世は神仏のご意志の巡り合わせで成り立っております。今、要らない人間でも後になって必要になってくる。また、その逆もありまする。風はいつも同じ方向ではなく、絶えず巡っています。自意識がないだけで過去世の因果、輪廻[*7]によって巡ってくる結果じゃ。それをいちいち完結していたのでは命が幾つあっても足りませぬぞ。分別と欲望のけじめがつけられない人間が己の心をもて余してフラフラするのです。それにここは瑠璃堂からは離れていても、東方のご浄土の内、死の不浄は許されませせぬ。天罰ですぞ!!」

本覚は夢中で諭してはみたものの、大名の子でありながら、三界に棲む家もなく、流離にさまよう彼が哀れでならなかった。

本覚の腕の中で放心したように一点を見つめる彼の切れ長の瞳には涙が溢れ、月影にぞっとするほど生気がなかった。

「さて、あの月が曇らぬうちに参りましょうか。月だとて欠《か》けたくなくても宇宙のさだめに従っています。人間も寿命というさだめ、宿命というさだめ、みんな少しずつハミ出しながらも本筋を辿っているのですよ」

高道はじっと聞いていた。本覚の声はまるで、天の声のように荘厳で美しかった。

高道はあまりに激しい心の葛藤のせいか、全身に力なく、本覚は無理やり己の肩を貸して、そろそろと歩きはじめた。がそのうち「エイッ」とばかり彼を背負って足早に歩き出した。

「アッ本覚さん、重いのに……」

彼は本覚の温かい背に頬をつけた。それは母の胎内のようで、みるみる心の蟠《わだかま》りがすーっと溶けて軽くなっていった。

高道はふと瑠璃堂を振り返った。もうそれは見えずとも、月の光を浴びて端正な神秘に光り輝いているであろう。その静けさは、まさに浄土だ。我は、薬師瑠璃光如来の御利生で命運を戻されたに違いない。

彼は心から感謝し、また己の軽率を、母に乳母に心の中で詫びたのだった。暗い山の冷気を分けてひた走る二人の姿に、美しい満月が皓々と微笑を送っていた。

＊1　愚管抄＝鎌倉初期の天台座主《ざす》、慈円作。日本歴史を仏教的世界観で解釈した。承久二年頃著す。
＊2　歎異抄＝親鸞聖人は浄土宗法然の弟子で、浄土真宗の開祖。肉食妻帯を初めて認め、法語などを纏め、弟子が「歎異抄」を著す。
＊3　光背＝仏像が背に負う光明を表わす後光。
＊4　入相＝夕暮れ寺でつく鐘。
＊5　朦朧体＝長谷川等伯（石川、七尾出身）の画風。雪舟の水墨画に傾倒、安土・桃山・江戸初期の絵師、ぼかしの風景。
＊6　浄玻璃＝くもりの無い水晶。仏教で亡者の生前の行ないを映し出す鏡。
＊7　輪廻＝仏教で衆生が生死を繰り返して迷いの世界を巡ること。

胡蝶の舞

それから何事もなかったように光陰を重ね、高道は再び元気を取り戻した。

本覚は、このまま今までと同じような生活では、高道のことであるからいずれ、ハミ出していくであろうと思い、本格的な僧侶の勉強をさせることにした。

「般若心経」はもとより、「観音経」「提婆達多品《だいばだったほん》」「陀羅尼品《だらにほん》」等々。優しい彼が憑かれやすい魑魅魍魎を祓う意味でも「陀羅尼品」はしっかり諳んずるよう命じて、ひと月も経った頃である。

「近々、慈覚大師様のご法要で、若君の舞楽を御仏に献じたらさぞお喜びであろうとのお達しなのですが……」と本覚が喜び勇んで告げた。

「それは有難い仰せですが、私も長らくの無沙汰で『迦陵頻《かりょうびん》』か『胡蝶』しか、すぐ舞えるものがありませぬ」

「法要ですから、かえってよろしいのでは？」

「ああ、本当は童子の四人舞なのですが、もしいなければ二人舞でも……。それでは『胡蝶』にいたしましょう。大袖の右舞《うのまい》※1ですから、背もいくらか小さく見えてよろしいかも知れませぬ」

高道が何気なく選んだこの曲はその昔、宇多天皇の側近である藤原忠房や敦実《あつみ》親王が作曲作舞しており、上皇になられて最初の天覧の舞であった。この上皇こそ、宇多源氏の京極家の遠祖であられるのだ。文化、芸術にご堪能であればこそ雅びな作風に完成したのであろう。

当日、予定をしていた演者が風邪のため欠演となり、結局、高道一人で舞うこととなった。高道は早朝から顔に白粉を塗られ、髪を下美豆良《さげみづら》に結われた。これは公家の少年が日常に結っている髪形である。額には両方に山吹の花を挿した金の天冠がつけられ、萌葱《もえぎ》色に蝶《ちょう》の繍模様の闕腋袍《けってきほう》*2が後ろに長く裾を引いている。白い奴袴《ぬばかま》にも蝶があしらわれ、何よりも背中に華麗な蝶の羽を背負っているのが何とも愛らしい。

紅と白粉で、彼は本当に女子のようであった。長い大袖を翻し、山吹の花を翳す。気品と清らかさで、そのまま天空に舞い遊び、妙なる楽の音とともに現世を超越したような表情で、それは優美な舞い振りであった。居並ぶ人々は皆恍惚として、終わっても皆空虚《うつろ》である。

「今のは夢か？」皆々これほどの法楽があろうかと、感極まって涙する老婆も大勢いた。

本覚は、高道が実に霊的感性が高い人間なのだと、改めて畏敬の念を憶えた。

「それ、ご覧《ろう》じませ。若君の舞で何人の人が救われましたか？　皆ため息ついて、しばらく立てないではありませぬか。一刻、皆、極楽を垣間見たのですよ。ね、人間は一人として要らない人はないのです。ちゃんと、それぞれ適所に配在されていて、時と所を得た時に花開くような仕組みにちゃんとできているのですよ」

本覚はこのことを例題にして運命を説いたつもりが、「はあ」と高道は上の空で聞いていた。

久しぶりに入魂の舞を舞ったので、芯から疲れていたのだった。それと、自身がまだ、現の世界に戻ってはいなかった。

＊1　右舞＝原則として緑色の系統の装束、向かって右から出る。伴奏は笙を用いず。弦楽器も用いず。

＊2　闕腋袍＝脇縫がないので、後ろの長く裾が引ける男性装束。武官などもこの部類。

惜別の小袖

それから幾日もたたず、久方ぶりに土御門晴康がやって来た。

「まあま、本覚殿、お元気そうで何よりどす」

「ハイ、お陰様で、土御門殿もご息災のご様子で何よりですな」

「ヘエ、もうあれこれ、忙しゅうて忙しゅうて、わやくちゃどすわ」

「今、若君呼びに行ってますので、も少しお待ちください。もう若君はお元気で、よう働いてくれております。先日もご法要で胡蝶の……」

晴康はすぐさま語尾にかぶせた。

「舞わはって、そらもうたいそうなもんやったと下界でも評判どすわ」

本覚は、もう町中に知れたかと驚いた。

「昨日川端さんからいただいた粽《ちまき》です。どうぞお召し上がりくだされ」

「へえ、大きに……」

晴康は本覚に何度も高道の礼を述べている。

その時、当人が美々しい御童子姿で入ってきた。晴康には、高道がずいぶん内面的に成長したと見てとれた。土御門の掛人であることとご接待遠慮のこの頃では、御童子眉も任意ということで彼は公家風の眉を引いていた。晴康にはそれが嬉しかった。

「晴康様、お久しぶりでござりまする。その節はずいぶんお世話に……」

「堅苦しい挨拶はよろしいがな。今日は急な話がおましてな」

「え？　どうなさいました？」

「実はな、近々江戸へ発つことになりましたんや」

「エエ？　それまた、どうして？」と二人とも目を丸くした。

「実は今度、江戸で何でも神田佐久間町いうところに幕府が天文台構築の話があって、八代《はちだい》の将軍さんからぜひ立ち合うよう、お呼びが掛かりましたんや」

「そらそら、おめでとう存じます」と本覚。

「ほんで、ついては、高道の若さんも、ウチの高弟いうことで、連れていこ思います」

「はーっ？」

「私を？」

「そうやー。方位よろしいよ。この頃何や、町人姿に化けた侍を叡山で見かけたとか伊助が言うとりましてな。何でもどこへ行っても若さんのこの器量やし、すぐ評判になりますさかい、彼らも見つけやすいことどっしゃろな。そやから、いっそ、江戸の方がよろしゅおまっしゃろ」

高道は慌てた。「それこそ瀧世の御方に近いではありませぬか」

「あ、それもそうですな」と本覚。

「いやいや、道中も、将軍家のご用とあれば万が一つにも襲ってはこられまへんやろし、かえって将軍さんのお膝元の方が、手エが出しにくいと違いますか」

「ああ、それは良いお考えです。若君、ようございましたなあ」

これで高道の運も開けると思って本覚は嬉しかった。

「私が？　陰陽師の？　何にも知らない高弟ですか？」

「そんなん、どうでもええんや。陰陽道は道々教えるさかい、若さんやったらすぐ憶えられまっしゃろ」

「そんなこと、おっしゃっても……」

とむずかる彼を見て、行きたくないのだと本覚は察したが、この山にいるより、江戸へ行った方が明るい未来があるように思った。

「若君、ぜひおいでなさい。嫌だったらまたいつでもここへ戻られたら良いではありませぬか」

「そやそや、またいつでもな」

「分かりました。で、下山はいつ？」

「今からでも。早う支度しなはれ。荷物は伊助があとで来るさかい」

高道は驚いた。「なんだ。来た時と一緒です。どうしていつもこう急なのでしょう」

「まあ、堪忍な。しゃあない、ウチがせっかちやいうのんもあるけどな、今日はお山下りるのも吉日やから。そや、あんな？　丸亀のお国、大変らしいえ。幼君ご病気ばかり、大殿様も重病とか。風の便りどすけどな」

「でも私には何の関わりもありませぬ」と高道がキッパリ言い放ったので、晴康と本覚は顔を見合わせた。

「これで結局、私の得度《とくど》は沙汰止みでござりまするか」

彼は気色ばんだ。

「そやない、一時お預けいうこっちゃ」

根も葉もない気休めであることはみえみえだった。

彼はふと、私の人生は猫と一緒か？　飼い主の意志次第で……と思う。しかし晴康にはずいぶん世話になっている。常に忘れず気にかけてくれる愛情は父親以上だ。

彼は、やおら居ずまいを正し、本覚に手をついた。

「本覚さん、何と御礼を申して良いやら。私が、今ここにあるは本覚さんのお陰、生命の恩人、終生忘れはいたしませぬ。いつかまた必ずお逢いできるような気がします。が、どうぞそれまでくれぐれも息災に……」と頭を下げた。

だが本覚は、この君は、もう二度とこの山に上ることはないであろうと予感した。

晴康は、高道が本覚にしきりに生命の恩人とか言っていたが、どういう意味だろうと考えた。

高道が他の部屋で支度を調えてくる間、本覚と晴康は、それぞれ高道という大きな存在を巡って二人の胸に去来するあれこれに、しばし無言であった。晴康は何度もお茶を啜った。

若君の江戸下向を、あんなに喜んでいたはずの本覚が、妙にしんみりして言葉少なになってきた。空気のように、ともに過ごし、苦楽を分かち合って毎日を紡ぎ合ってきたのに何やら急にその糸が総て断ち切られることの喪失感を思うと、いくら無常の修行に明け暮れた僧でもこみ上げるものがあった。二年の重みは二人にとって、墨染の中に咲かせた華麗な花であったのだ。その花のような若者を迎えての日々は、沙門とて心の潤う生活であったに違いないが、別れはいつも突然やってくる。

支度を終えて晴康たちの部屋へ戻ってきた若君の瞼が、心なしか薄赤かった。

「ああ、ま、表に二人待たしてあるさかい、ほな参りまひょか」

本覚とは裏腹に喜び勇んでいる晴康は、己の表情をひた隠した。口とは逆に、どんどんめり込んでいく本覚にいかになんでも遠慮である。高道も無言であった。

やっとこの頃、本格的に僧侶としての道を教え始めたばかりであるのに根元からごっそり抜き取られることとなり、沙門といえど苦しい別れであった。

皆が外へ出ると、公家侍二人がさっと高道を取り囲む。晴康が前の轍を踏むまいと準備してきたのだった。

「本覚さん、いろいろお世話になり申し、何と御礼を述べて良いか言葉がありませぬ」

高道は、しんみりと心の底から礼を述べた。

「いや、ナニ、どうも……」本覚は言葉にならない。心の準備もないまま、いよいよ目の前から去っていくかと思えば万感胸に迫り、ただじっと堪えるしかなかった。

高道は美しい瑠璃色の小袖に同色の袴を穿き、顔を白絹の頭布に包み、黒塗りの笠を被っていた。本覚は最初何気なくそれを見ていたが、彼が日頃着ることのない小袖の色だと思っているうち、「そうか！」と目を瞠った。この君は瑠璃堂のあの日を生涯忘れぬことを告げるためにあの僅かの間に瑠璃色の小袖に着替えてくれたのか、と悟った。それは高道と本覚にしか分かり得な

い心の色であった。

「そうか！　そうであったか!!　何と優しい心根であろう、何と……」

それまで耐えていた本覚もさすがに胸が詰まり、ついにこらえ切れぬ涙が手の甲を濡らした。

「さらばぞ……おさらばあーっ」

高道は笠打ち上げて振り返り、振り返り、いつまでも山門に立っている本覚に叫び続けた。

とめどのない涙は頬を伝い、白絹の頭布を濡らした。晴康も、いつか自分の身の上にもこのようなことが起こるのではないかと、一瞬脳裏を掠めたが即座に打ち消した。

境内に待たせてあった駕籠舁《かき》が欠伸をして待っていた。

高道の意志とは関係なく、事態はどんどん次から次へ流れていく。それは長い流星の尾のように……。

落ちなんとする晩秋の日差しは弱々しく木々を染め、病葉《わくらば》が散る。

そして、風花の舞う山門に本覚の姿がだんだん小さくなっていった。

瑠璃染めの小袖にしのぶ　師の坊に
いつかま見えん　永久《とわ》に忘れじ
高道

本覚の知らぬ間に、高道の消息が袖に入っていたのであった。

江戸の巻

若君東下り

晴康たちとともに久しぶりに土御門邸に戻った高道は、妙に懐かしく感じたが、家中は江戸の支度でごった返していた。

「おかえりなされませ」と皆が出迎えた中におきよはいなかった。

高道はふと、物淋しく思い、「おきよさんは？」と聞くと、すかさず晴康が「さんなどつけんでもよろし。あれは一足先に江戸へ発ったさかいに」と答えた。

まるで我が子が帰ってきたようにはしゃいでいる晴康を見て高道は、江戸へ行くのがそんなに嬉しいのかと思っていた。

「まあ、今こんなん取り込んでワヤクチャやけど、若さんはご自分の物だけお纏めなはれ」

「ハイ。で、装束もですか？」

「何言うてまんの、徳川《とくせん》の八代はんにお目見えしはるんやで」

「えっ？」

そんなこと叡山で聞いてなかった。何だ、大変なことではないか。それで陰陽師の高弟か？

一体どうなるんだろうと、高道は晴康の心を計りかねて頭が真白になり、ウロウロしていた。

「若さん、ほれ、しゃっきりしなはれ。私の弟子いう触れ込みやさかい、冠はいらんけど烏帽《えぼ》子《し》、狩衣《かりぎぬ》、指貫《さしぬき》*1、幾通りかの替えを、そや、直垂もな、お持ちやしておくれやす。あとは若さ

んのお好きなように、伊助っ、おくみ、若さんのお支度手伝うてー」

「あのー伊助はんは、叡山へ若君様のお荷物受け取りに行かはって、まだ帰っておりまへん」

「ああ、そやったな、ほな、おうめ、おるやろ。若さん帰ったばかりでボーッとしといやすさかい、お装束はアンタらが見てやってェ」

「へえ、畏まりました」

天井の高い大きな空間の寺院で忙しくもゆったり過ごしてきた高道にとって、喧操の公家館の中で即座に波に乗ることができずにいた。

出立の朝、本紫の狩衣に烏帽子姿の高道を見て晴康は、どこから見ても高貴な公達やと心から満足の笑みがこぼれていた。

公家侍、下僕など、高道を入れて総勢十二人ほどの人数であった。晴康は初老ゆえ乗り物を用い、高道はぜひ馬をと所望した。久しぶりの馬に姫君時代を想い出したが、有為転変の感慨に浸っている暇はなかった。そして颯爽と優美な高道の馬上姿は、しばし京雀の話題になっていた。

将軍御用の「渾天儀」を囲んでの行列には、さすがに手が出ない刺客をあざ笑うかのように意気揚々と東海道を江戸へ向かったのであった。

＊1　指貫＝裾をくくり緒で絞った大ぶりの袴。差貫《さしぬき》・奴袴《さしぬき》・奴袴《ぬばかま》ともいう。

品川の官女

さて、箱根の難所も無事に過ぎ、江戸の街もあと少しの品川宿へ差しかかった。はるか前方に何やら人が倒れ、それを介抱しているらしい姿が見てとれた。

高道が馬を跳ばして様子を見にいくと、見るからに御所の官女風の若い女が、赤い顔をして息を弾ませ、侍女らしき小女が、オロオロと背をさすっている。

「いかがなされましたか？」高道は馬から降りて顔を覗き込んだ。

「ハイ、何やらお風邪どすやろか、お熱出はって、ほんまに難儀しております」

高道は心配そうに優しい声で、

「あの禁裏《きんり》にお仕えの御達《ごたち》*1とお見受けいたしまするが、このような見知らぬところで、さぞ心細いことでしょう。私どもも京より参りましたが、きつい難所もございましたれば、旅慣れぬお方にはさぞこたえたことでございましょう」

彼女達は高道の公家風を見て、ことさら地獄で仏とでも言いたげな顔つきで縋ってきた。二人ともに殿上眉*2をつけ、年上の女房は髪を下げ上げに結い、小女は京でもよく見かける竹の節で、どこから見ても東海道には場違いな御所風である。

彼は印籠から薬を取り出し、竹筒の水とともに差し出した。

「これは大変良く効く薬であるから、どうぞご服用くだされ」

「ほんまに大きに有難うさんどす」

高道は、女たちが狩袴をつけているのを見てとった。

「さあどうぞ、私の馬にお乗りくだされ。口輪は私が取りますから大丈夫ですぞ」

「いえいえ、貴方さんのお馬やのに、それではあんまり厚かましいて、滅相もない」

「いやあ、遠慮している時ではございますまい。ご免」と言うや否や、彼は手早く官女を抱き上げ、馬の背へ押し上げた。思いのほか軽いなと思った。

「さあ、しっかりと鞍にしがみついていらっしゃい。怖かったら目を閉じて……」

彼はいつの間にか女の扱いに慣れていた。これも御童子時代の習慣が自然に身についていたのである。

「いきなり馬などにお乗せして、さぞ驚かれたでしょう。私は土御門家の掛人で京極と申します」

土御門は京でも知らない人はいない。官女は安心しきって揺られている。

「あのー申し遅れましたが……私どもは先頃まで御所にお仕えの者にて、私は女孺《にょじゅ》*3をいたしておりまして、この子は雑仕《ぞうし》でございました。実は、このところ、たて続けに私の両親が亡《の》うなりまして、江戸で呉服店《みせ》をやっております叔母が、江戸へ来よしと言うてくれましたさかい、御所を退《ひ》いて参りました。もうすぐ江戸やと思うたら、何や気ィが抜けてもうて、ほんまにえろうお世話になり、申し訳のうおます」

「それとはお察し申しておりましたがやはり……いや実は私の母もその昔内裏《だいり》にお仕えの頃が

あったと聞いております」

「まあ、ご縁どすな」

宿場へ近づくと人も多くなり、彼女達の風俗がいかにも特殊で人目を引いた。

高道は、もう完全に男になっていた。弱い者を守ろうという精神はいっぱしである。

「さあ、もう宿に着きます。どうぞ我々の本陣[*4]へご一緒に……」

あとから追いついた一行と合流して品川の宿へ入った時、官女の顔は少し白んでいた。灯とも
し頃になって、彼は心配して官女の部屋を訪ねた。

先刻とは打って変わり、花色地に源氏香模様のちりめん浴衣[*5]をさりげなく着流して浅葱の博多帯をざっくりと結んだお洒落な姿であった。

「いかがであろう、もうそろそろ夕餉の刻ですが、何か少しは召し上がれますか？」

という優しい視線に、二人は「おおきに……」と言って恥じらった。

高道にとっては御童子時代の延長のようなもので、女など、さらに意識することもなく、さらさらとやってのけるのであるが、女達は男性の優しさに舞い上がっていた。

「あの、女孺さんはお粥で、雑仕女《ぞうしめ》さんは普通の食事でよろしかろう？」

「すんまへん、どうぞよろしゅうおたの申します」

彼は、いかにも世慣れないこの二人が心配で放っておけなかった。

晴康は、それを見て、

「まあ、よう女二人で箱根が越えられたもんやな。しかしまあ、江戸はあと少しやし、大事ない

やろ。若さん、ようけお世話しはって、さぞあちらさんも心強いことどっしゃろな」

「そうだとよろしいのですが……」


夕食後、ひと休みしてから彼はまた、官女の部屋へ様子を見に行った。

「明朝、私どもは宿を発ちまするが、そなた達は大丈夫であろうか？」

「はい、お陰さまでほんまに助かりました。何と御礼を申し上げて良いやら……」と小女が平たくなってお辞儀をした。

「どうせ駕籠に合わせての旅ゆえ、ゆっくり進みますから、お嫌でしょうが、また馬にお乗りくだされ。快方に向かったとはいえ、あまりお体を使わん方がよろしいかと存じまするが」

結局、明朝の出立は馬のお世話になると定まって、二人の顔にも安堵の色が漂っていた。

「あの、最前のお話で、お母上様も御所にお仕えのお方とお聞きいたしましたが、以前、近江の命婦《みょうぶ》様とおいやすお方がおいでで、たいそうな美人で有名やったとか。そのお方のご子息様やろか？」と官女にまじまじと見つめられ、高道は顔を赤らめながら、

「ああ、まさしく母でござる。何という巡り合わせであろうか」

「ほんまやなあ」と官女は小女に向いて相槌を打った。

彼女は旅の荷物の中から干菓子を出して彼にすすめ、雑仕に命じた。

「京極の若様にお茶お持ちしてや」

「へえ」

「近江の命婦はんはウチが御所へ上がった時は、もう退《ひ》いておいでどした。でもお噂はよく耳にしました。お末が、大膳所の他に内々で作る卯《う》の花のお菜《まわり》*6を天皇さんが大の好物で、時々命婦さんにお渡ししておりましたそうな。天子様にはお直《じき》にお持ちできる身分やおまへんので、命婦さんから典侍《すけ》さんにお渡しするのどす」

「ああ、母が懐かしゅうござります。今はゆえあって土御門家に寄寓しておりまするが江戸滞在中はいつなりとお立ち寄りくだされ」

「あの、申し遅れましたが叔母の呉服店は神田の神保町で、大津屋と申しまする」

高道は久しぶりに母の話が出て熱くなっていたが、明朝の出立に障りが出てもと思い、早々に引き上げた。

本心は、寝る間も惜しんで話を聞きたかった。ずっと他人の中で暮らしてきたが、久しぶりに唯一の肉親の話が出て、ふっと心が弛んだ。母の名が出て懐かしさに、彼は思わず旅の道具の中から母が縫ってくれた錦の財布を取り出し、じっと見つめたのだった。

翌朝、高道たち一行は、官女を馬に乗せ、目黒まで行ったところで彼女を辻駕籠に乗せ、再会を約して別れた。再び馬上の人となった彼は、一段と大人びて立派になったと誰もが思った。

江戸はびゅうびゅうと風鳴りがひどく、旅人の笠を飛ばしているので、高道も烏帽子を取って仕舞った。初めての「江戸」は、トロリとした「京」より、風までが武士的に荒々しく吹くものだと一度に江戸が掴めたような思いであった。

＊1　御達＝宮廷女官をさした敬称。

＊2　殿上眉＝自眉を剃り、額際に眉を描く、小笠原源流。水島流もあり、シンを入れた眉は高位の人。眉の大小で年齢の差、年齢も示す。男性は公家のみ横眉。眉は人間第一の餝《かざり》にて……（翁草）

＊3　女嬬＝御道具方の女房、四位、五、六、の有位。有官の娘が上る燈火の油、蝋燭、お煙草盆の火など。女嬬に上げた実家は油、割木、炭など燃料に困らないという。

＊4　本陣＝昔、大将のいた陣屋。近世は宿駅にあり大名が泊まった。公認の宿舎。脇本陣はそれに準ずる屋敷。

＊5　ちりめん浴衣＝普通の浴衣は木綿地であるが、縮緬《ちりめん》は役者が舞台で（主に踊り）さばきの良いものを粋に着こなす。本書では、それに源氏香の模様にして粋に過ぎるものを止めた。

＊6　お菜＝御所言葉で、おかず、副菜のこと。

将軍御目見え

一行は、やっと江戸屋敷に着いた。

晴康は、盛儀の時でない限り、伝奏屋敷《てんそうやしき》*1へは行かず、麹町《こうじ》の自分の別宅を使っている。

「あー、若君様お久しぶりどす。いやあ、またお逢いできて、ほんまにほんまに嬉しおす」

おきよが飛び出してきて高道の手を取った。

「ああ、その節は本当に世話になり申した」

「いいえ、とんでもない。それより若様、一段と大人にならはりましたようで……」

「そうか？　有難う」と高道はにっこり笑った。

「おきよ、いろいろ支度が大変やったやろ」と晴康が労うと、「それほどでもありまへん、慣れとりますさかい」と、おきよは一寸蓮っ葉に首をすくめた。

「若さん、御所の女官さん、ようならはってよろしおしたな」と晴康が高道の優しさを愛《め》でた。

「ハイ、駕籠の者に心づけをやって、ねんごろに頼んでおきましたのでもう大丈夫でございましょう」

「どこにも、まあず不思議なご縁はあるもんどすな」

高道はフッと笑って、

「江戸は方位が良いとおっしゃったのはこのことでござりまするか？」

「イーヤ、まだまだ序の口。これから度肝を抜かれることもおまっしゃろ」

高道は少しのけ反った。

「えー？　いやあ、もう勘弁してくだされ。とても従《つ》いてはいけませぬ」

「ま、お茶でもお飲みやす。江戸はまた京と違った珍しいお菓子もあるやろから明日にでも伊助に買うて来てもらお」

晴康は高道との対話が楽しくて仕方がない様子であった。

「時に若さん、何でもこの町内に肉屋が軒を並べているところがあるらしい。桜（馬）やぼたん（猪）、紅葉（鹿）などの肉屋が何軒もあって、近くの大名屋敷からようけ買いに来るて、薩摩はんは遠くから猪まるまる一頭買いにくるいう話どす。江戸のお人は薬喰《くすりぐ》い言うそうじゃ」

高道は眉をあげて、

「ほー？　薬になるならぜひ私も食してみとうございます。まず猪がおいしそうかな？」

「ああ、止めとき、鴨ぐらいにしなはれ。若さんが猪のように獰猛《どうもう》にならはったら似合わんさかいな。天照様は四つ足を食するを禁じられた。なぜなら同気となる、つまりけだものと同じ魂になって霊質が下がるゆえな。うっかり食べたら菘《すずな》（かぶ）、清白《すずしろ》（大根）を食せよと……」

「なるほど、いや分からぬでもありませぬ」

こんな何気ない会話も、時間が許せばずーっとしていたい晴康であった。

「さて、明日はいよいよ若さんも将軍さんに御目見えやさかい、装束の支度おしやす。できたら、あとで見ますさかいな。伊助、伊助、若さんの装束手伝うてや。若さんはまだ地下《ちげ》*2で無官大夫やけど、大名の子やいうて侍《さむらい》烏帽子なんど冠せんといてや」

「ハイ。それでは何を……」

「そや、京極家は平安の昔から皇族の血筋やし、かつては守護大名でもあったさかい、それなりのお支度じゃ、公家風に、公家風にの」

「ですから、立烏帽でよろしいのでございましょう？」

晴康でも緊張する時があるのかな、いつも分かっていることを何度も言って、何だか大変そうだな、別に御目見えなどしなくても良いのに……と高道は何となくあまり良い予感がしなかった。


さて当日、いつもの伊助よりやや緊張した顔で高道の装束上げに掛かり、前衣紋者《えもんじゃ》の加吉も強張った顔をしているのも道理、晴康がじっと見ているのである。

今日のために晴康は、高道がより美しく見えるよう装束を新調したのだ。一斤染《いっこんぞめ》の固地綾《かたじあや》に、豪華な袖括《そでくく》りをつけた「小狩衣《こかりぎぬ》」、半色《はしたいろ》に幸菱《さいわいびし》の文様の単《ひとえ》を重ね、それに向蝶《むかい》ノ丸の紫の指貫《さしぬき》であった。一斤染は平清盛が着用していたとある、淡い桜色である。小狩衣は、貴族の童子服であるが、晴康は元服した高道に着せるのは、さほどうるさくない江戸を見込んでのことである。それに黒の立烏帽子をつけて出来上がりである。

晴康は身をのけ反らせて眺めながら、何やら女子《おなご》が男装したような……ちとやり過ぎたか？と内心クスッと笑った。晴康は最後に自分の黒の位袍に紅の単を重ね、垂纓冠《すいえいかん》を冠って、やっと昨日の練習通りに終わり、出発の段取りとなった。

高道は、矢継ぎ早に起こってくる初体験の数々を黙って受け入れるしかなかった。この運命が面白いと言ってしまえばそれまでだが、少し落ち着きたい心境でもあった。

乗り物に揺られながら、高道は瑠璃堂の堂守の孤高の生活を想い出していた。今頃、叡山にいたら、まだ御童子やっていたのかな、そういえばお初さん、一度もお寺へ来なかったが、どうしているのだろうと思う。

高道は、今回どうせ自分は刺身《さしみ》のツマなのだからお師匠様を引き立てていればそれでいいのだ、くらいの気分で江戸城の中奥へ入っていった。柳の間で控えの時、晴康がふと見ると、高道が中啓《ちゅうけい》*3を開いたり閉じたりして遊んでいる。何と緊張感のない子だと思ったが、地位も権力も全く興味がないことを想い出し、ただひたすら拝謁がうまくいくようにと願ったのであった。

将軍の前で晴康は、天文台構築の際の話は勿論のこと、陰陽道の「本命属星祭(人の運命を大きく左右する生誕時の支配星を祭る儀礼)」について話した。

西洋の占星術との類似はどのようか、また属星とは一年を通じて変化しながら本人に影響する短期支配の星で、道教的ではなく陰陽道の泰山府君《たいざんふくん》*4祭の形式で祭を執り行うのが土御門神道というものであるとか、日本の位置は天の気を受ける海上にあり、地の気に交わらず、太陽の力を受ける位置関係も誠に良い、天が生み出し、地が受ける物事は天の五星、地の五行に反映し気精は神となり、陰陽は人物を育て上げるものなり……等々、普段の晴康ではなく、全国の陰陽師を統

括する宮廷の長官の顔であった。

しかし、吉宗の顔はあまり満足そうでもないと高道は感じていた。

話も終わりかけた頃から吉宗は、晴康の後ろに隠れるように座っている高道を、頭を傾けてまでまじまじと見つめているのである。

「何っ？　なんだろう。今度は何だ？」

ドキドキと胸が高鳴っていく……「私はたしかツマのはずだが？」高道は伏目になった。

将軍は少し声を落とした。

「実はな、表で言える話ではないのでの申し訳ないが別室でお待ちいただこうか」

「畏まりました」

将軍が退出してから、間もなく御側小姓が来て、別の御小座敷へ案内された。小姓の小振袖を見て高道は、ついこの間まで自分もなどと考える余裕はない。ひたすら自分を見ていた吉宗が、晴康に用があるとも思えない。どうか難題でありませんように……と願った。

襖が開いて、羽織を脱ぎ、少し寛いだ吉宗は、表御殿へは出てくることのない大奥の取締役を連れていた。高道はイヤな予感に押し潰されそうであった。

「さて土御門殿、これは内々のことで誠に申し訳ないが、そこの若衆にぜひ頼みたいことがあっての……」と何やら言い難そうという前に、このての話が心底苦手という感じである。自分に代わって話してくれと中年の奥女中に手で合図をした。

あとは任せたとばかり、吉宗はサッと出て行った。

残された彼女は、大奥取締役というだけあって大した貫禄である。伽羅を焚きしめているらしい立派な掻取《かいどり》[*5]から、ほのかに芳香が漂い、緊張が少しほぐれた。

「私は取締の浦尾と申しまする。土御門さんのお名は、前から存じ上げておりましたがこのほど、大奥にちと困ったことができましての。土御門さんしかご相談できませんので恥を忍んで参りました次第で……」

「はあ、それはそれは難儀なことで、それはお女中衆のことどすやろか」

「ハイ、さすがお祭しの良いことで」と話しつつ、浦尾はチラチラと高道を見る。

「乱心というわけでもなく、そうかと言って正常ではない奥女中が一人いて、毎夜丑ノ刻ともなると元気になって徘徊し、さほど大声ではありませぬが歌を歌います。何分深夜であるから四方に聞こえまする。何度か注意をいたしましたが物凄い目で睨み、その恐ろしさといったらござりませぬ。他の女中方ももう寝不足で、これはきっと物怪の仕業であろうと申しておりますが、昼間は何事もなくよう立ち働いて合点の仕様もなく誠に困ったもので」

「そのお女中のお役は？」

「小上臈[*6]でなあ、いざという時、御台様の御身代わりに立たんならん者だけに、いつまでも狂っておられませんじゃろ？」

「ああ、それはお気の毒なこと」

少々他人事ともとれる晴康に対し、浦尾は慌てた。

「あのな、申し難いことなれど、そこの若衆さん、お弟子と聞き及んでおりますれば、ぜひ、私の部屋子として大奥へ入っていただいて」

晴康は慌てて、「ああ、いや、この者は男子にござります」

「いえ、女と見紛うばかりの若衆殿ゆえ、ぜひ女小姓として、僅かの間でよろしいから原因を探っていただき、もしできましたら、ぜひ物怪を調伏してほしいと。土御門さんのお弟子さんだったら察しがつくでありましょうほどに」

「あの、申しておきますが、何しろ未だ若輩の身ゆえ、果たして思うお役に立てるもんか少々心配どすけどな、ま、何とかお引受けいたしまひょ」

エーッ？　何てことを、私の気も知らないで……と高道は気が動顚《どうてん》した。

「いやあ土御門さん、有難う助かります。万里小路《までのこうじ》さんもどんなに喜びますことか」

「それでは、いろいろ準備がございますよってに、三日の後にまた参上させていただきます」

「まあ、有難う、本当に助かります、恩にきます。それでは三日の後に、心からお待ち申しておりますよ、土御門殿」

「ハイ、しっかり承りました。ほな本日はこれにて……」

高道は地に足が着かない。茫然自失のまま、ふらふらと邸に着くやいなや、「本当に良い方位ですよね。私はまた元の咲耶《さくや》姫に舞い戻りですか」と思い切り皮肉った。

「マァそう言いな、若さんにとって良いことに繋がることやで。大丈夫、ウチがついてますがな。その大奥女中はな、キツネの憑《ひょう》依《い》なので大事ない。ウチが教えますよって若さん祓ってあげなはれ」

さすがの高道もこれには参った。江戸まで来て振り出しか、あーいやだいやだ、何てことだ。土御門邸に戻っても口も利かず、おきよが出した茶菓に手もつけず、いきなり引きずり出した馬に飛び乗って疾走していった。

どこをどう走ったか、夕暮れの江戸の町を思い切り飛ばしていく。街の人々は、お公家さんの早馬とは何の事件が勃発したかと仰天して見送っていた。

＊1　伝奏屋敷＝新年に朝廷から幕府につかわされる祝賀の役人などの屋敷。伝奏は、宮中で親王、摂家、武家などからの奏請を、天皇に取りつぐ役。

＊2　地下＝昇殿を許されていない身分の者。

＊3　中啓＝扇の先端が、閉じても開いている状態。

＊4　泰山府君祭＝冥界の体制で、実際の病人祈祷の場では、泰山府君が重視される。一柱の神が相手ではなく、複数の神達が対象。「病気平癒」個人の運命を支配する神、国家全体を守護する神。泰山府君はエンマ王の眷属の一人に過ぎない。

＊5　掻取（裲襠）＝打掛。着物（間着）の上に羽織る引裾の上着。繍で模様を出したものか、織模様。

＊6　上﨟＝大奥では最高位であるが、実際の権力はもたされない。主に公家の出身。宮中では親王、摂家、武家などからの奏請を、天皇に取りつぐ役。

江戸の寿司屋台

土御門邸では、若君失踪で上を下への大騒ぎであった。城中で一体何の不首尾があったのか、晴康は平然として何も言わない。

「大丈夫。必ず帰って来ますし」

でも皆は、あの温厚な若君が一体何があって血相変えて飛び出して行ったのか、わけも分からず、とりあえず伊助や侍たち、女中に到るまで手分けして探しに出てしまった。晴康をおいて屋敷はもぬけの殻となっていた。

「あのーご免やしておくれやす」

晴康が、京訛りの来訪者に訝りつつ玄関先へ出ていくと、髪形も着物も江戸風ではあるが明らかに京風の女が大きな荷物を持って立っていた。

「あ、すんまへん、今、私とこに取り込み事がおまして、皆出払いましたんや」

「あの私は、先頃品川宿で、こちら様の若君様にお助けいただいた元官女の佐和と申します」

「エエッ、あの時の官女さんて貴女はんのことどしたか。まあま、その節はウットコの若さんが、大そなこともせんに、ようおいでにならはったなあ。ああ、どうぞ、どうぞ上がっとくなはれ、遠慮せんで、どうせ誰もおらんさかいな……」

晴康は、高道のご機嫌のためにも良いところへ来てくれたと、下へも置かない。

「あの実は、私の叔母が、若様のお陰で私の難儀を救っていただいたと、これは商売ものでナンどすが、ぜひ若君様にお召しいただけましたらと存じまして、お持ちしました」

「ハイ、僅かのことやのに、そないにしていただくやなんて若さん仕合せやなあ」

その時、きよが「ただいま戻りました」と襖ごしに手をついた。

「若さん、いはらへんかったか？」

「へー、お馬やさかい、ずいぶん遠くまで行かはったやもしれまへん。あ、お客様どすか、ただいまお茶おもちします」

佐和が「若君様、どないぞしはりましたので？」と聞くので、晴康は嘯くように、

「大したことではおまへん。すぐ帰りますやろ、もしお宅が大事なければ、若さん帰ってくるまでお待ちやしとくれやすか、きっと喜びますやろ」

「へえ、大きに……、ほな待たせていただきます」

おきよは、品川でのことは聞かされていないので、あの若君に、いつの間にこんな典雅な方が、と思った。若君、いつまでも奥手だと思ったら……やっぱりな、女が放っておくはずないし、など一人で勝手な想像を巡らしていた。


江戸の街も結構広いな、と高道は思った。飛ばし疲れて、ふと見ると向こうの小高いところに提灯を掲げて屋台店[*1]が二軒ほど立っていた。近づくと油で揚げている良い匂いがしており、また、その隣は寿司屋であった。彼は俄かに空腹を憶えて立ち寄ることにし、馬を向こうの木に繋

ぐと、お初と行った町の食べ物屋を想い出して声をかけた。

「亭主、鮨をくださらぬか」

屋台の主はびっくりした。まさか、こんな店に身分ありげな公達が立ち寄るとは思いのほかであるから……。

「へーい。お客さん、江戸ではとんと見かけないお公家さんでございますね。やっぱり言葉遣いも丁寧だし、初めてお公家さん見たけど、拵えも美しいや。やっぱり雅《みやび》なもんですねえ」

高道は、寿司屋の親父の飾らない素朴さにこれが江戸の人かと気楽になって思い切り寿司を食べるとともに胸のつかえも下りたのであった。

「こんな日暮れによ、絵巻から抜け出たようなお公家さんがさ、一人で馬飛ばしてネ、今日はやはり佳い日だ。富士山がきれいに見えて、木花咲耶姫様がご機嫌だったのでしょうよ。ねえ天ぷら屋さん」

「咲耶姫？」高道はここまで来て我が幼名が出てギョッとする。これに戻りそうな気配なのに結局ここでその名が出るとはもう観念だな、これを断って恩のある晴康に恥をかかせるわけにはいかぬと腹を括った。懐紙を重ねて「天ぷら」を包み、晴康への土産とした。急に里心がついてお代を払っていると、伊助の声がした。

「やっと見つけました。まー、ずいぶんお探し申しましたよ。こんな道も知らない江戸で皆心配して大変ですよ」

うすら寒い夕方に伊助は大汗かいていた。

「伊助、済まない。そなたも軽くここでお上がり、思いのほか美味だぞ」

「そうしたいのは山々ですが、お邸に官女さんがお見えで、ともに若君様のことをご心配でお待ちでございますよ」

「エッ、女嬬さんが？　分かった、帰る、帰るぞ」

振り上げた拳の落としどころを得て、高道は一気に弾んだ。

「あ、もしお公家さん、釣り銭でございますよ」

「些少だが取ってくだされ」

「有難う存じます。何だか今日は、すっかり違う世界へ迷い込んじまって夢でも見てんじゃないか？　お公家さんだの官女さんだの、まあ、一生の語り草だね、ねえ、松葉屋さん」

と天ぷら屋に向かって言いながら去っていく二人を伸び上がって見送っていた。


高道は、顔にはあまり汗をかかない質だが、それでも額にうっすらと汗が滲んでいる。

土御門邸は、若様ご帰還で俄かに活気づいた。

すぐさま、きよが寄ってきて、「官女さんお見えやさかいお着替えを」と気をきかした。

「これではまずいか？」

おきよは、あら、まだ奥手のままか？　……本来なら言われなくても着替えるが……と思う。

晴康は、何ごともなかったように、

「若さんにこんなエーべべを持っといやしたで。それほどのこともしてへんのに、済まんことどすなあ」

「女嬬さん、そんな気を遣わないでくだされ。いや、でも有難う。ああ良い色じゃ、藤模様か、あれ少々派手か？」

しかし高道が着ると雅になりそうだと佐和は思った。

「あの、もう私、女嬬やのうて。佐和と申しまする」

「ああそう、佐和殿か、良い名じゃ。佐和殿、さて夜もあまり更けぬうち、私が馬でお送りいたそう」

高道は懐の天ぷらをおきよに渡した。

＊1　屋台＝物売りの屋台は限りなくあり、団扇売り・小間物・虫・金魚等々。これらは着飾った若衆が売りに出ていた。が、夜鷹蕎麦屋など、夜の商売もある。天ぷらは自宅で揚げるのは火災予防のため禁じられ、寿司はイキの良さを売った。

芝居茶屋

高道は軽々とお佐和を抱き上げて馬に乗せ、自分はその後ろに乗って手綱をとった。

「私と若様との間に、いつもお馬さんがおいやすな。したが何で今日は皆様で若様を探してはりましたのや……なんぞ気に入らんことでもおましたのやろか？」

彼は、佐和の結い髪の鬢付油《びんつけあぶら》*1の香りを鼻先に嗅いで、昔京で出逢った桔梗の女を懐かしく想い出していた。

「いや、大したことではござらぬ。実は三日の後、さる大名家の宴で、余興に女形の舞を舞うことになって、それが嫌さに飛び出した次第で……」

佐和はニッコリした。

「あらまあ。けど怒らんといて、それも仕方おへんやろ。若様は女子より綺麗やさかい。人間、時《とき》には諦めも肝心や。もしよろしおしたら女形の瀬川如皐《じょこう》はん、叔母の知り合いやさかい踊りの一つや二つ、すぐ明日にでもご案内しますえ」

「本当に？　何だか恥ずかしいが背に腹はかえられぬ。では明日、朝四つにお伺い致すが……本当によろしいのであろうか？」

「ハイ、ああ、嬉しおす。また明日もお会いできますのやね」

呉服店の大津屋は明々《あかあか》と灯をともして帰りの遅いお佐和を待っていたが、家まできちんと送ってくれた彼に感謝し、内儀のお久良はどうぞ明日のことはお任せくださいと快諾した。

高道は、幼児期の暮らしを想い出せば、充分女にはなれると思ったが、すでに男として二年あまりも過ごした以上、自分の中にも違和感があって、さらに自信がなかった。

土御門屋敷に帰ってくると、晴康が一部屋にたくさん、娘の着物を広げて、どれにしようかと迷っていた。

「若さん、私の姪がな、娘の頃に着たもんやけど、どーぞ好きなもん選んでみよし」

しかし翌日、大奥から目の醒めるような大振袖と金地に地紙模様を織り込んだ帯が届いた。

晴康は、おきよやおくみを呼んで明後日の衣裳や襦袢《じゅばん》などの準備やら、腕の良い髪結いの手配やら、まるで娘を嫁に出すような大騒ぎである。肝心の当人は、踊りを教えてもらうとかで朝からいない。


高道が大津屋へ着くと、すでにお佐和は最高のおめかしをして店先で待っていた。

「ああ佐和殿、お会いするたびに江戸風になってなかなか綺麗じゃな」

「おおきに、恥ずかしおす。若君様も藤鼠色ようお似合いどす」

叔母のお久良は、誠実そうな彼を気に入った。

「今日は私にお任せくださいまし。若様が如皐はんにお稽古つけていただいてる間に私らは市村座へ、このまま駕籠で参りましょう」

佐和が「あの若様、お駕籠ならお羽織お脱ぎにならはった方が……」と言って彼の背に回って

紫苑色の羽織を脱がせていると、

「ところで佐和殿、江戸の男たちの羽織丈が妙に長いのは流行《はやり》か？」

「はい。浄瑠璃[*2]の都古《みやこ》路豊後掾《じぶんごのじょう》の門下が皆それで、叔母のところへどんどん誂えに来はりますが皆ぞろぞろと長羽織で気色悪うおます」

お久良は懐鏡をちょっと覗きながら、「今大坂では佐渡島座で『雷神《なるかみ》不《ふ》動《どう》北山桜《きたやまざくら》』というのを成田屋さん親子が大当たりだそうですけど、私どもは市村座で『先代萩』を見てますからどうぞ、若様はお稽古あそばしてくださりませ。あとでお茶屋へ参りますほどにね」

お佐和たちが芝居がはねて出て来た頃、高道と如皐はすでに稽古を終えて休んでいた。

如皐は興奮して、

「こちらの若様、えらい物憶えが早くて道成寺[*3]の『乱拍子』や『山づくし』を三回でお憶えでしたよ。時が余ったので『保名《やすな》』[*4]までサワリをお教えしましたけど、まあやっぱり本物の若様だけあって『保名』は絶品。当代の役者で、これほどの表現ができる人もいませんよ、ぜひ衣裳付きで拝見したいもので……」

「そうでしょうとも。でも、どうして保名を？」と佐和は身を乗り出した。

「イヤ、だって土御門の若様っておっしゃるから。だったら安倍晴明様のお父上が保名様でしょ、土御門様のご先祖でしょうよ」

お佐和は大きく頷いた。「恋人を追って菜の花の咲く道を蝶に戯れ、長袴を引いて狂い歩く夢幻の世界は、若様にぴったり」

「若君様は舞楽の素養がおありだから何といってものみ込みが早い。もし役者だったら日本一に……あら、とんだご無礼を、ご勘弁くださいまし……でも、いや本当！」

今日は、いよいよ大奥へ登城の朝、土御門邸は朝から大騒ぎでごった返していた。

晴康は、くだけた狩衣と指貫をつけて準備はできていて、お茶が欲しかったが、家の者は皆忙殺されてそれどころではない。

佐和が心配して見にきた。支度を手伝うつもりであったが、もうできていると言って高道の部屋に通された。

女小姓の眩いばかりの後ろ姿が出来上がっている。髪は思い切り、張り出し鬢《びん》にして、可愛らしい「イタヅラ」という切髪を鬢の下からちょこっと下げて髱《たぼ》（つと）は出さずにすっきりと上にあげ、大きな根の高い文金風の高髷に亀甲の両花笄《りょうはなこうがい》を挿していた。大奥から拝領の洗朱《あらいしゅ》の大振袖に金地に色糸の地紙模様を織り込んだ帯を大きな立矢に締めた姿は、錦絵そのものだった。

さすが、鬢を燈籠鬢《とうろうびん》*5のように張り出して、帯は、ことのほかふっくりと大きく立矢に結んで若様の肩幅が狭く見えるよう、よく工夫されているなと、お佐和は、しっかりと女の目で確かめた。同時におきよは高道に対して息子のような愛情をかけているのであろうと感じていた。

高道が振り向いて、「佐和殿、早くから忝けない。有難う」

姿と逆の男の声が返ってきたので、お佐和もおきよも髪結いも一斉に吹き出した。

彼は照れに照れた。

「そうだ！　女の声、どのように出したらよろしいか、どうしよう」と喉のあたりを押さえて心配した。

晴康と高道を乗せた二丁の乗り物は静々と動き出した。

それにしても、よくもまあこんなに美しく化けられたもんだと、晴康は今さらながら浦尾の眼力にも恐れ入った。と、晴康の前を行く乗り物の中から無理矢理女の声を出して彼が歌を歌っているのが聞こえてきた。女の声を出そうと懸命に励む。

これが「嫌だ」と言って馬で飛び出して行った若か？　結局、私の立場を救ってくれた。何と有難い可愛い子だと晴康は感謝するとともに、どうぞこの宝物を誰も持っていかないでくれと祈った。あの叡山の本覚はどのような気持ちであったか、今となって察するに余りあるものだった。こんな考えが脳裏を掠めるということは、そうなる運命が近いということか……。

＊1　鬢付油（伽羅油）＝結髪の際につける油で、関東では固形。歌舞伎役者も白粉の下地につける。京では銀出しといって、比較的柔らかく、つける時に痛みがない。元祖は京都。江戸の寛文頃は湯島天神・神田明神など、髭にもつけた。
＊2　浄瑠璃＝三味線を伴奏とする語りもの音楽の一つ。代表的流派に竹本義太夫が創始した義太夫節がある。

浄瑠璃作者の近松門左衛門と組んだ「義太夫節人形浄瑠璃」は一世を風靡し、今日の文楽や歌舞伎に繋がっている。

＊3　道成寺＝能を歌舞伎に移入した道成寺物は多い。（反閇の足拍子あり）宝暦三年（一七五三）江戸中村座で、初代中村富十郎が初演。物語は紀州の道成寺をめぐった安珍、清姫の愛憎劇。清姫が安珍を追って日高川を泳ぐうち蛇体となる。

＊4　保名＝安倍晴明の父「芦屋道満大内鑑」二段目「小袖物狂い」を舞踊化。保名の恋人榊の前が自殺したので驚き狂った。亡き恋人に似た葛の葉姫にも去られた保名へ、森で助けられた狐が恩を感じ、葛の葉に化身して妻となる（実際は本ものの妻がやって来たので、化身の狐が森へ逃げ、保名は追う）。

＊5　燈籠鬢＝江戸中期の代表的な鬢の形。長い髱《たぼ》はなくなり、代わりに両頬に鬢が羽を広げたようにせり出し、鬢張りに一本並べのように髪を簾のごとくかけたので向こう側の、燈籠が透けて見えた。

女装の若君

一行は平川門から入り、天守台の南側に御本丸大奥があった。晴康は、このような女の園など一刻も早く去りたかったが、高道を置いて一人帰るのは何とも後めたい思いであった。

浦尾と中臈《ちゅうろう》*1の音瀬が出迎えに来ていた。大奥の最高権力者が出迎えに出るとは滅多にないこと。一体何様が？　と周囲は目を瞠った。

御広座敷へ行くまで、すれ違う人々にジロジロ見られているような気がして彼は鼓動が早くなる。心の中ではひたすらバレませんようにと念じるのが精一杯で、どこをどう通ったのか上の空であった。御広座敷での対面は、内密のことを含んでいるだけに、晴康も先方も自然と声が低くなっていく。

「早く終わらないかな」

高道は久しぶりの帯がことのほか重く感じられ、足が痺《しび》れた。

御年寄の浦尾の部屋は、一軒の屋敷のように広く、一の側で七十畳近い権勢を誇っていた。使っている女中は十二、三人はおり、まさに華やかさこの上なく、さすがの高道も借り猫状態であった。部屋の使用人たちがどの程度自分のことを知っているのか窺う術《すべ》もない。浦尾はなるべく彼を自分の部屋に置いておこうと思っている様子。あまり進んで口を利かなくても良いと注意をしたところをみると、中臈の音瀬以外、誰も知らないようである。上様黙認ではあっても、不必要な波風は、できれば起こさぬ方が良いからだ。

浦尾は、心から済まなそうに頭を下げた。

「若君、お嫌《いや》さんであろうこと、無理にお頼みして本当に申し訳ありませんね」

「いいえ。しかしまだ、どうも女の声が出せませぬ」

「あ、それなら、喉を少々患っていることにしたらどうでしょう」

「あ、それは妙案です。少し気が楽になりました」

浦尾は、いかにも高価そうな蒔絵《まきえ》の煙管《きせる》で、おいしそうにゆったりと煙草を燻《くゆ》らしている。

「ところで若君、お名はどのように……」

「ああ、そうでした。『お高』でも『お道』でもどちらでも結構でござりまする」

あー、結局、私は江戸で、元の木阿弥ではないか。丸亀の城で、咲耶姫と呼ばれ、女姿して、城の内外で跳ね飛んでいた時代の振り出しに戻ったわけだ。ただ、違うのは、姫髷の吹輪《ふきわ》から島田髷になり、体が大きくなったというだけで……と高道は思う。少しの間と言っていた浦尾の言葉だけが、頼みの綱であった。

「女小姓は、お茶汲み、伝言、書状の受け渡し、細かいご用が多いのでよろしくお頼みしますね」とは言ったものの、浦尾は彼にモノを頼むということは、まずなかった。このことは、叡山の本覚と同じである。

これが女の園か？　高道は、浦尾の許しを得て、部屋の周囲だけでも一回りしようと廊下へ出た。途端に相の間の女中が寄って来た。

「お嬢様（部屋子は、御年寄の親類縁者と見なして呼び名はこれである）、その髪の結いぶりは、今京で流行の燈籠鬢《とうろうびん》ではございませぬか？　とってもお似合いでございます。よほど腕の良い髪結いなんでしょうね」

彼は、自分の髪がどんなものか、さっぱり分からず、返事の仕様もなく、小さな声で、

「ハア、有難う存じまする」

もう、あまり聞かないでとの言葉を呑み込んで、「では、ごめんあそばせ」とその場を去った。だが、それから、お小僧やら仲居やらお犬まで次から次へと……なかなか先へ進まないのである。よほど彼の髪形が珍しいらしい。仕方なく、諦めて、浦尾の部屋に戻った。それから以後、皆、この髪形がどうやったらできるのか大騒ぎで、次の日から、これらしきものを結った女中が皆の前で盛んに自慢し、彼の話題でもちきりになっていた。高道は男特有の生え際を愛嬌毛で隠してくれたおきよの配慮に感謝したのだった。

大奥へ来て、はや三日が経った。夕暮れも迫って、あちこちの部屋から料理のおいしそうな匂いが漂いはじめたが、天ぷらだけは式日以外御法度である。又者《またもの》*2の女中たちが配膳に忙しく立ち働いている時、浦尾が「あのお高さん、ちょっと」と手招きし、「話したいことがあるから二階へネ、皆の者は来てはならぬぞえ」

浦尾は静々と階段を上っていく。まるで足がないように、掻取《かいどり》の裾がするする這い上がっていくのを見ながら高道も後に続く。

そして浦尾の前に伏目がちに座った。女装した若者の清廉な色香に、さすがの浦尾も、久々に胸にこたえた。

「さて、毎夜小声で唄いながら徘徊する小上臈の声はお聞きでしょうか」

「はい。いつ、お話があるかと思っておりました」

「昼間はあの通り、明るい元気な上臈なのですが、夜は豹変します。まるで物怪ですよ。それを注意しようものなら、掴み掛からんばかり、その目は烔々《けいけい》として凄い目つきなので誰も近づこうとはしませんが、その代わり、みんな寝不足で元気がありませぬ」

「それはさぞ、お困りのこととお察し申しまする。私の力が、どこまで及ぶか分かりませぬが、おおよそ見当はついておりますれば、どうぞお任せくださりませ」

「ああ、それを聞いて……本当に助かりました」

やおら浦尾は階段の踊り場まで行き、そこで手を叩いた。

「はい。御主人《だんな》様、お呼びでござりまするか？」

階段の下で女小姓の白い顔が見上げている。

「あのな、上臈さんの万里小路《までのこうじ》さんと、正親町《おおぎまち》*3さんをお呼びしておくれ」

「ハイ畏まりました。して、ご用の趣旨はなんと？」

「イヤ、ただお越し願いたいと言えば分かります」

小姓が帰って来ると間もなく、美しい上臈が二人、掻取《かいどり》の裾を引いて来た。明らかに他の女中と異なる京の香りと気品をもっている。二人はやおら掻取をすっと直し、浦尾に向かって丁寧にお辞儀をした。二人は上位であっても実権は浦尾が握っているのだ。高道は京風が懐しかった。

「浦尾殿、大きにお世話おかけいたしまする。ウチはもう、心配で、皆さんにご迷惑ばかりで、ほんまに消え入りとうてなあ」

愁いに沈み眉を寄せる万里小路に高道は不謹慎ながら、美しいと思った。

正親町もすかさず「できることなら、もうお役ご免申し上げて、京へ帰りとうおますのや」

「あ、それで、お呼び申し上げたのは、外でもありませぬ。実は、ここにおりますこの方は、土御門さんとこのお弟子さんで、小上臈さんの一件、何とか治めてくださるとのことでございます」

「まあ、土御門さんとこの?」

二人は懐しい京の名前が出ただけで目が潤んでいた。よほど困っていたらしい。

万里小路が「土御門さんとこのお嬢さんやろか?」

「いえ、このお方は男子でござりまする」と浦尾はすかさず答えた。

「エッエッ?」二人は同時にまじまじと彼を見た。

「ほんまにー?」ひときわ万里小路の目が丸い。京の水で磨き抜かれ完成された女二人に見つめられて彼は赤面した。

「まあ、このように何せ奥御殿ですから、何人たりとも殿方はいけませんでしょう」

浦尾の言葉に答えもせず、二人はためつ、すがめつ、久しぶりの男を見すかすように穴のあくほど眺めた。高道は恥ずかしさに衿元まで赤くなって俯いた。

「いやあ、まあ、うまく、と申しましょうか。土台がきれいなお方どすのやろ。ほんま、びっくりしましたがな、なあ、正親町さん」

「私は、ほんまの女子さんやと思いましたえ。いや、ほんまもんより綺麗やわ」

もう彼は面映ゆさに顔も上げられず。袂に手を入れたり出したりしていた。

彼女たちは、この若者によってすべて物事解決の光が見えて、心からはしゃいでいたのであった。

「さて、今晩から、このお高さんに後をつけてもらい、物怪の正体をつき止めてもらいます。夜中の八つ（二時）に起きて廊下の掃除せんならんお次が、気味悪がって、遅うに出てくる始末では困りますのでね」

「ほんまに、何とお詫び申したらよろしいか、堪忍どす」

そして高道に向かって頭を下げた。

「お高さんお言いやすか、ほんまに助かりますえ。どうぞ、よろしゅうお頼《たの》申します。こんな女子はんにまで身を窶《やつ》しはって申し訳のうて……」

浦尾は大様に「まあ、大舟に乗った気でお任せを……」と言うと、
すかさず高道が、「泥舟にならぬよう気張ります」

彼もやっと冗談が言える余裕が出てきた。

「まあ、面白いお高はん。どうぞ、くれぐれもよろしゅうにな」

浦尾は、万里小路がすでに彼に興味をもち始めていることを、女の勘ですぐ分かった。

上臈達は久しぶりに笑ったといって上機嫌で帰っていった。

夕食後、高道は重ねの着物を一枚脱ぎ、裾も対丈にキリリと揚げてもらい、いよいよ戦闘態勢の姿となった。

＊1　中臈＝女小姓とともに大奥での花形・御台所、姫君等直接にお世話をする実務派。小姓を終えると中臈や呉服間頭などになる。

＊2　又者＝将軍・大名などに直属していない家来。上級女中に私的に使われている女中。

＊3　正親町＝閑院家に属する大臣家。正親町三条は維新後、嵯峨と改める。

大奥の怪異

髷も、高島田から低い形の紅葉あげ[*1]に直してもらった。紐はいつでも襷掛けにできるよう懐にしのばせ、京草履も打ち合わせにして後帯に仕舞った。瑠璃堂の頃の彼にはない格段の強さで成長していたのである。

長局《ながつぼね》の者が皆寝静まった頃、彼は廊下へ出た。途中まで浦尾が案内に立ち、ここからはお願いと、目で合図をして立ち去った。

高道は、小上臈が通るであろう出仕廊下で待ち伏せた。目はらんらんと……久しぶりに手狭んだ小太刀を握り締め、彼は完全に合戦前の興奮を憶えていた。

廊下に置かれた網行燈の灯がぼんやりと周囲を染め、どんなに凄い形相の女を映し出すのか、彼は胸が高鳴った。しぃーんと、まさに家の棟が三寸下がる頃か、やがて、声が聞こえる。

「ちはやぶる賀茂の社の　ゆふだすき　ひと日も君を　かけぬ日はなし」(古今集)

か細く澄んだ声で歌いながら歩いてくる小上臈の姿があった。

何だ、きれいな上臈ではないか。鴇《とき》色の掻取《かいどり》を着た、まだうら若い女性である。

彼はやや拍子抜けであった。小顔で作り眉のよく似合う美人であったので、途端に彼は、能の「花筐《はながたみ》[*2]」に出てくる狂女の姿を想い浮かべた。

小上臈はふわふわと舞い遊ぶかのように歌いながら通り過ぎた。麝香の残り香が何とも怪しい。

冬枯れの墅辺と我が身を思ひせば　萌えても春を待たましものを（古今集）

まるで、魂が尾を引いていくように疳《かん》高い声がスーッと消えていく。

小上臈は、天皇の御前で舞い狂う照日の前のように掻取を引きながらふらふらと中庭へ向かっていく。すかさず彼も後を追う。皓々たる満月が明るく、手入れの行き届いた中庭の木々の様子が手に取るように映し出されている。

「誰じゃ。何用か、邪魔しなやっ」

凄い形相であったが彼はビクともしない。

「はい。決してお邪魔はいたしませぬが、ちとお尋ねしたきことのございまして……」

「おやっオマエはどこの者え？」

「いえ、新参ではござりまするが、浦尾様の部屋子にて、高と申しまする」

「ほー浦尾殿の……」

大奥の権力者の部屋子とあらば、いずれ跡継ぎ。疎略にはできない。

「して何用じゃ？　尋ねたきこととは？」

「実は先ほどから恋のお歌ばかり、もしやいろいろお苦しみのことがおありなのでは？　よろしかったら、お心広げて、この私めにお話しくださりませぬか」

「ほおー、新参のそなたが、小姓の身で何が分かると申すのじゃ」

早速、「オマエ」から「そなた」になっている。

「それが、分かりますのじゃ、何もかも」

「それは何かの術を使うてか？　生意気な」

術と言った途端、小上臈は哀れみを乞うように両方の手のひらをつけて水を掬い取るような仕草で踊り出した。

〽あな欲しやお水の欲しや岩清水　清きお水を給《た》び賜え、甘露の水を給《た》び候へ
〽竜田の川の清水の欲しや　ついでにお揚げも給えかし

小上臈は、歌いつつ花びらが舞い散るように踊り狂っている。一瞬美しいと思ったが彼は、あーこれはやはり、お師匠様のおっしゃる通り、狐だなと思った。しかも、これは恨みの狐憑きだ。思ったより凄まじく、本人の霊魂も徐々に蝕まれていくと察した。こんな状態で、手に負えないからといって帰るわけにはいかない。彼は全身鳥肌がたった。

やがて、小上臈は松の枝に乗ったり、降りたり、まるで空飛ぶように軽々と枝から枝へ移っていく。掻取の裾がひらひらと大輪の花のようである。高道は負けずに、晴康から授けられた呪術を自信はなかったが試してみることにした。

「南斗北斗三台玉女左青竜避万兵右白虎避不祥前朱雀避口舌後玄武避万鬼前後輔翼急急如律令っ」と叫んで、禹歩という足拍子を高らかに踏んだ。

しかし敵もさるもの、小上臈は掻取を被衣《かづき》のように頭から被り、高い松の枝に登って高道を見下ろしている。炎のような赤い掻取の裏地の中から殿上眉をつけた白い顔が、お歯黒の大きな口をあけて笑っている。他の女中が見たら卒倒する光景である。

「これは大変だっ」彼は小上臈近くの松の枝に登るや天に向かって叫んだ。

「おお、水もやろう、揚げもやろうぞーっ」

もたもたしていたら自分の生命体も奪《と》られてしまう。見えざる力で髷を掴まれ、それを振りほどいて、もはや形もない。

「臨兵闘者皆陣列在前」「急々如律令っ」

彼は大声を振り絞って叫びつつ小太刀を抜き放った。そして、高枝で見下ろす彼女に追いつき、「エーイッ」と小太刀の霊刀とともに九字を切り、「ヤーッ」と斜め天空へ向けて突きを入れると「ギャーッ」と凄まじい悲鳴を上げて小上臈は高枝からどさーっと落ちていった。

彼は枝の上からそれを見下ろして、ああ、これで終わったと思った。

刀を啣《くわ》えた高道がするすると木から下りてきた。しかしこれから、そこに失神している小上臈を蘇生させなければならない。

彼自身、やったこともない荒療治をして心身ともに疲れ切っていた。自分が女であることもつい忘れて、失神している彼女を抱き起こす。

「もし、小上臈様、極子《きわ》様、お気を確かに……」

腰に提げていた竹筒の水を口に含んで小上臈に口移しに飲ませた。初めて女性の唇に触れて一瞬ドキッとしたが、それどころではない。そして「エイッ」と活を入れると、小上臈は息を吹き返した。彼女の後ろ衿首をとんとん叩きながら女の声を振り絞って、

「お気がつかれましたか？」

と彼の腕の中にいる小上臈をのぞき込んだ。

彼女はきょとんと周囲を見渡して言った。

「今この辺に殿御の声がしましたが、表の役人でも？」

「いいえ、誰方《どなた》も……お気がつかれてよろしゅうございました」

彼は、もう女の声を出すのすらしんどかった。

「たしか、ウチは松の枝から落ちたんやな。そなたが救うてくれはりましたか」

「はい。小上臈様、突然お狂いあそばしたものでござりますゆえ」

「やはりな。どうもいつ頃からか我が身の魂が、きちんと体の壺に治まらず絶えず心がフワフワして、己が押さえられまへんのや」

「今はいかがでござりまする？」

「ああ、やっと元の私に戻ったような気ィがしますェ。そなた、ウチを救うてくれはりましたのやね。大きに、大きにな」

小上臈は、側に落ちている小太刀や、彼の方が化け物のようにざんばら髪となっているのを見て、凄まじい格闘があったのだと成り行きの重大さを悟った。

「貴女様には狐が憑いておりましたので、明朝は、お庭の隅に祭壇を設けて、たっぷりのお水

と、油揚を山盛りお供えくださいい。狐の巣穴が何かのはずみで潰されたのでしょう。可哀そうなことでござりまする。その際に、どうぞ小上﨟様がお出向きあって、ねんごろにご回向お願い申します」

「あの……それから先ほど、貴女様の気持ちが分かると申し上げましたのは、京に恋しいお方がおられて、早くお帰りになりたいのでしょうということです。そんな憂憂とした思いに狐の霊が入って、自分の存在を知らしめたのでございましょう」

「ええ、さすがよくお分かり。私は、代わりの人が見つかるまでのお約束で江戸へ参ったつもりが、このままでいくと、ずるずる一生こんなところに縛られて、おお嫌や嫌や」

「分かりました。ですが、この正常な状態で、あとひと月ご辛抱なされませ、今、物狂いになったと言ってご実家へ帰られても、恋人はいかが思うでしょう。ですから、あとひと月辛抱なされば、多分、土御門の師匠が京へ帰ります。その時、ご一緒に帰れまするよう、私も浦尾様や師匠にお話ししておきまする」

「エーほんまどすか、あーそなたは土御門様のお方やったんやな、道理で道理で。浦尾殿はただのお小姓を差し向けはったわけと違うんやな」

「先ほど、廊下におります時、貴女様を占いました。『一陽来復』。これは、貴女様は、恋人の元に復するという卦でござりまする。どうぞご安堵あそばしてひと月お過ごしくださりませ」

「エーほんまにー嬉しおすー」と叫んで彼女は勢いよく彼に抱きついた。

アッ私は男だ！　でも女か。何の不思議もない。けれど……。

女といえば、佐和殿とだってこんなことはないのに。彼はのけ反りながら、小上臈の重みと怪しい麝香の渦の中に埋没して息苦しかった。

本覚坊に救われた我が、今ここに他の人を救っている。人生とは面白いものだな、輪廻《りんね》か……。

「生涯忘れませぬ」と手を合わせて感謝した小上臈もまた、いずれ誰かを救うことになるのだろう。高道は今まで味わったこともない己に対する自信が湧き上がっていた。

浦尾の部屋には、まだぼーっと明かりがついていた。起きているらしい。

「ただ今戻りました」の声で振り向いた浦尾はギョッとした。明かりの向こうに化け物のように髪振り乱した高道が蒼い顔をして手をつかえている。

浦尾は、これを見ただけで凄まじい死闘があったと察した。

「とんだお疲れでありましたな、えらいご苦労さんでした。済みませなんだなあ」

浦尾は、命がけで闘ってくれたこの若者の誠実さに心打たれた。

「もう明晩からは徘徊することもございますまい」と高道はやっと言った。

「音瀬、お高さんをお湯殿にな。もう何も申さんでよろし。明日に、明日にな」

浦尾は心からホッとして、やれやれこれでやっと大奥の棘《とげ》が取れたと安堵した。

音瀬に手を引かれて湯殿へ歩いていく高道の乱れ髪と、着くずれた裾からのぞく白い素足に得もいわれぬ眩しさを感じ、浦尾は何か新鮮なときめきを憶えた。

「それでは浦尾様だけ、お化粧所《しまいどこ》*3へどうぞ」

「おお、音瀬か。お高さん、まだ寝んでますので、このまま寝かしておきましょ」

「お早ようございまする。浦尾様」

高道は昼近くなって目醒めた。昨夜のことは夢のようであったと思いながら、充実した達成感に頭はすっきりしていた。

浦尾は自ら、お茶を持ってきて彼の枕元に座った。高道は白絹の寝巻で布団からおりて正座していた。彼は、まだ何か？　お茶など、人に持って来させても、自ら持って来ることはないのに……と思った。

「思わぬ寝坊をいたしました」

「いやいや、昨夜はえらい活躍でお疲れさんでしょう。本当に有難う。お髪きれいになって。音瀬がお寝梳《ねず》きしてくれたんじゃな」

「ハァ？　そういえば通りが良くなっているような」

高道は事後報告として、小上臈の歌は古今集の恋歌であったと、昨夜の顚末の一部始終を話した。そして代わりが見つかったという理由で早く里方へ帰した方が良いと話した。憑きやすい体質だから、いつまた同じことが起こるやもしれぬとも言って脅しておいた。

＊1　紅葉あげ＝直参の下級女中の髪形で高級な「片外し《かたはず》」の次の髪形、大奥ではこれに黄八丈の着物、黒繻子の帯、萌葱の前かけをしていた。

＊2　花筐＝能の一曲。大迹部皇子《おおあとべみこ》は、皇位を継ぐこととなって上洛が定まる。ご寵愛の照日の前は、折悪く里に下っていたので、お別れができないため、手紙とともに花筐を形見として届ける。照日は天皇を慕って物狂いとなる。

＊3　お化粧所＝将軍が朝大奥お成りの時までにお化粧所へ行って髪を結わせ、食事もする。下級女中はそれ以前に身支度を調え、高級女中に奉仕する。

保名

それから二日ほどして、浦尾の部屋では簡単な酒宴が催された。快気祝いのつもりにしては小上臈が呼ばれていない。主客ともいうべきなのに……。高道は尋ねたくとも言外に「分かるやろ」という感じで取りつくしまがない。

高道が専ら中心である。二人の上臈達は一件落着のせいか、やたら機嫌が良く、品良く、彼に一杯だけということで酒が注がれた。生まれて初めて飲む酒の味であった。が、これで済むわけもなく、二杯が三杯と面白がってどんどん注がれ、彼の切れ長な瞳がたちまち酒に潤んでキラキラと輝き、柱にもたれて陶然としている姿を見て彼女たちは「きれいや、きれいや」と囃《はや》したてた。彼はもはや完全に上臈達の玩具状態である。

「もうこれにて……」と言いつつフラッと立ち上がった彼を、万里小路がつと抱き止めた。浦尾の視線が苦々しかった。

それから後、彼は前後不覚に寝た。

日が高くなっての目醒めに頭がジンジンしていた。さあ、これで用済みだ、長居は無用と彼が荷物を纏めていると、浦尾が入って来て、「あの実は……」と始まった。もう勘弁してほしい、とうんざりしながら聞くことになった。

「昨夜は慣れぬお酒で酔いつぶれさせ、本当に済みませなんだ。大丈夫ですかえ？」

「はい、少々頭が……」

「それなのに実はねえ……」と始まった。

なんでも、新参の身のお高さんが、小上臈の厄介な徘徊を止めたらしいという武勇伝が広まって一躍有名となってしまった。ついては、どんなお小姓か、三日後の「新参講」で、ぜひ顔を見せてほしいとの皆の、たってのお願いだという。この「新参講」は毎年やるものだが、小上臈の一件で、一時沙汰止みとなっていたので、復活のきっかけとしてお高の登場はまさに打ってつけなのであった。

「あのーなんでも、お持ちの些細な芸で良いのじゃが」

浦尾が高道の枕元に朝茶を持って来たのは、もしやこのことではなかったか、言い出しそびれていたのだな、と思ったら彼は浦尾が気の毒になった。

「ハイ、何とか浦尾様のおためであるなら気張ってみますが……」

「おお、そうか。有難い。今まであったらこの日は御末《おすえ》たちだけの催しなのだが、お高さんが出てくださるとなれば大奥中が大騒ぎとなりましょうし、ずっと陰気であった御殿もパッと明るくなりましょう」

しかし、彼は、もう女でいることにそろそろ限界を感じていた。衆人環視の中で、一人でも疑問をもったら、浦尾に対して申し訳がない。

「あの、実は女を装うことに少々疲れましたので、もう、どうせ踊るのであれば立役《たちやく》の姿に仮装した方が良いのではないでしょうか」

「おお、それはそれは良い案じゃ。立役とは何を踊られるのじゃ？」

「こちらへ赴く前に、瀬川如皐さんから『保名《やすな》』を習いましたので、それを少し……」

「えっ保名、本当に！　私もですが、みんな大喜びですよ。いながらにして歌舞伎の所作事《しょさごと》が見られるなんて、ああ、もう何やら私までワクワクしてきましたよ。お高さんだったら保名そのものですものねえ」

このことが定まってから大奥中が湧いた。女中達は、どの晴着を着て見物しようと皆目の色が変わった。

浦尾は早速、市村座から「保名」の衣裳など一式を借りてこさせた。

高道は早々とお鳴物衆の女中たちと打ち合わせに入る。髪をほどき、保名のような垂髪にし、浦尾の緋の長袴を借りて稽古に入った。又者たちは町方の出であるから「常磐津」「清元」「豊後節《ぶんごぶし》」など、武家出の女中たちより、実家の財力にかけて皆芸達者が多かったのだ。

高道は、全曲は長いから、いきなり囃し方で始まって「姿はいつか乱れ髪……」のところからにしましょうといい、それから中抜きで一気にキリ場へ早間になって伏し沈むの終わりまでということに纏まった。鳴物の女中たちは浦尾様のお嬢様の立役は絶品!!と衣裳も着けないうちから絶讃した。当日はどんなに素晴らしいか早速皆に触れなくては……と言って帰っていった。

浦尾はチラッと稽古をのぞいて、垂髪をした彼を見て、あの日の晩を想い出していた。

さて、彼が早くと希《のぞ》んだ当日となって、音瀬と、おたえが彼の支度を手伝っていた。高道の支度は音断絶対余人に触らせないが、今日ばかりは浦尾も役目があって面倒が見られないのだ。彼は、糸垂れの鬘《かつら》に、紫の病鉢巻《やまいはちまき》を左に結び垂れ、藤色の小袖に浅葱の下襲を片肌脱いで、素袍の長袴をつけて出来上がりである。

そして彼の顔とは誰も見分けぬほどか抒情的な美しい二枚目の顔になっていた。白粉だけは音瀬に塗ってもらい、眉その他は自分で挿《か》き、叡山時代が蘇った。おたえは、すがめつ眺めて、

「音瀬様、まるで絵から抜け出たような若様になりましたね」

音瀬はズキッとしたが、やっぱりこの臈たけた気品は扮装ばかりではないのだと、彼の出自に思いを馳せていた。浦尾が促す。

「さ、音瀬、おたえ、お高さんの手を引いて奥の御膳所への」

中臈に手を引かれた「保名」の華やかな拵えに、廊下ですれ違う若い女中たちの「わーっ」という歓声が至るところで上がった。

仮舞台とも見える場所の端に立った高道を始まる前から、目引き、袖引き、かなり大勢の女中たちが、今か今かと待っている様子である。彼は、胡蝶を舞った時よりも緊張していた。あれであったら自信もって舞えるのに雅楽ができる女中がいない。俄に習い憶えた踊りというものが不安であった。だが、この、ゆったりとした間のとり方に、多少の接点を感じて、「保名」の心情が表現できれば良いかと、とつおいつ思っている間に、

〽恋よ恋われ中空になすな恋

艶麗な唄声が嫋々《じょうじょう》と響き渡った。

「清元」を語る女中たちは、よほど練習したのか、三味線の音締めも不思議なほど冴え渡り、情感たっぷりに最初から唄い出してしまった。

アッ、打ち合わせと違う。途中からと決めたはず。「出」になるまでずっと待っていなければならない、出そびれたと思われる。高道の胸は早鐘のように、臨機応変に出端の瞬間を探した。

そしてやっと、物狂いのしどけない足どりで長袴を引いてさまよい出る。奥女中の総てが固唾をのんで見守る中を、振りであるような、ないようなアテ振りで、まさにそれは自己流の心情表現であった。やがて囃子があり、

〽姿もいつか乱れ髪

と進んで、やっとほっとした。思い入れたっぷりに、髪に手を添え、伏目を流して切なげに我が身を見る。憂愁に沈んだ気品、ほのかに漂う色香に、女中たちは悩殺された。

そして一気に、最後の二上り（三味線の）で、

〽よさの泊りはどこが泊りぞ　草を敷寝の肘枕《ひじ》く

鼓の音も軽やかに早間を踏み、そして最後に恋人の振袖をかき抱き、すーっと床に伏して愁いに沈んでいく、白い顔にハラハラと黒髪がかかる。何とも夢幻の世界に女中たちは拍手も忘れて呆然としていた。

高道はやおら居ずまいを正し、ゆっくりと一礼をして長袴をさばき、滑るようにその場を立ち去っていく。女中たちはハッと我に返り、ワーッという声とともに万雷の拍手と、どよめきが湧き起こった。

音瀬とおたえが待っていて、彼の手を取るやいな、早足で部屋へ急いだ。二人とも、まだ夢の世界を飛んでいた。

高道は思い切り疲れた。急いで音瀬が袴を脱がせ、おたえが小袖を脱がせた。

「………？」「あら？」急ぐおたえの手に、当然手応えがあるであろう彼の胸に何のふくらみもないのを、内心訝しく思った。その時、地方《じかた》（清元）の女中二人がやって来て、

「あの浦尾様のお嬢様はこちらでござりまするか」

「ハイ何か？」と暇なお犬が出てきた。

「あの実は、私どもも、本日『保名』の地方を務めました者でござりまするが、打ち合わせを取り違えまして、お詫びに参上いたしましたわけでございまして……」

「あ、どうぞお入り」と音瀬が快く招じ入れた。

「あの、先ほどは、誠に申し訳なく……」

「ああ、あの『出』のこと？」高道は扱《しご》きを結びながら出てきた。

「お嬢様が、まるで本物の保名みたいであの愁いの気品に圧倒されまして、私ども初めてトチりました。本当に申し訳ござりませぬ。それにつけても、何の困ったご様子もなくゆったりと保名に解け込んでおいでてでしたのはさすがでござります。もう女中衆は皆、お高さんの贔屓になって大変な騒ぎでございますよ」

「あ～何やら、舞楽と混ざってしまったかも……」

彼はもう済んだことで、どうでも良かった。

「あの、これは『とらや』のお菓子でござりまするがお口に合いまするかどうか……」

「これは、かえってご心配おかけ申しました。有難う存じまする」

その時、「ハーイ、誰じゃ？」と音瀬はわざと大声を出して、次の来客が来たことを彼女たちにさりげなく告げた。

そして次から次へと、訪れる来客に彼は、化粧を落とす間もない。高道は襦袢の上から藤色の大振袖を羽織っていた。訪れる女中たちは一様に虚構の男と対面して、皆夢見心地で帰っていく。

彼は疲れ果てて脇息《きょうそく》にもたれ、空虚な目をしていた。が、浦尾の部屋の者たちは、大いに自慢の種で、彼がこのままずっと顔の化粧を落とさずにいて欲しいと思った。高道はついに、

「音瀬さん、私はだいぶ疲れましたので少し休ませてくだされ」

と言って振袖をかけたまま倒れ込むように畳の上に伏してしまった。それを見て、彼女たちはまるで保名の第二幕が始まったようだと錯覚した。

「まあまあ、そんなところで寝んだら、お風邪引きまする」

「お嬢様のお部屋にお床延べましたのでさあ、さあ……お嬢様、お布団の方へどうぞ、どうぞ」

おたえが言い、押せども引けども、彼はもう完全に寝入っていかともし難い。

仕方なく、箱枕を当てがい大ぶりな掻巻《かいまき》*1をかけた。それはそれで絵巻の世界だと、音瀬とおたえは見惚れていた。

その時、例の上臈達が着飾ってやって来たが、結局彼の寝顔を見て帰っていった。

高道は夢を見ていた。保名の扮装のまま大奥を脱出し、お堀をすいすいと泳いでいる。水が顔に冷たかった。「ああ夢らしいな、さ、起きなければ……」と思いながらも朧げに、音瀬が自分の化粧を落としてくれているのを感じていた。

それからまた、どのくらい転寝《うたたね》をしたのだろうか、今度こそ起きようと思って半分覚醒している時に、隣の部屋でヒソヒソ話をしているおたえの声が聞こえてきた。

「あのー音瀬様、お嬢様って本当に女子さんですか？」

「しぃーっ何をお言いなの？　当たり前ではないか」

「でもー、お着替えの時、お胸が平らで……」

「痩せておいでなんですよ」

それでもおたえは引き退《さが》らない。

「けどー……保名の衣裳を付け上がった時、お腹が痛いとお言いなので、今、お月水《まけ》なのでは？と聞いたら『オマケって何？』とお言いなのですよ、お召し替えの時も決して肌つきを脱がれませんし、お風呂の時も」

「もう良い。私どもとはお育ちが違うから呼び名も異なるかも知れないであろ。余計なこと言わずにさっさとお寝間に着替えてお寝み」

高道は夢現《うつつ》の中で、どうやら、もうそろそろ露見か？　ああサッサと帰らなければ、と思いつつ、外はまだ暗い。

「浦尾様、少々油断をしておりました。若君のこと、どうやら、部屋の者が訝《いぶか》りはじめましてござりまする」

「さよか、噂は早いからのう。それでは明六つを待って、お高さんお帰ししよか」

「その方がよろしいと存じます。何しろおたえは私の弁解を信じてはおりませぬゆえ……」

浦尾も音瀬も、彼が性の倒錯を演じていることに限界を感じて、一刻も早く退出したい気持ちでいることを分かってはいたが、「狐退治」と「保名」と、たて続けに未曽有のことをやらせて、あまりにもグッタリしている彼を無理矢理連れ出すのもどんなものかと躊躇していたのだ。


「お高さん、お高さん」と周囲を憚る音瀬の声。

「ハイ、起きておりまする」

「あの、明六つに、浦尾様が、ご自身の駕籠を下ろしてくださり、お高さんをお送りしてくださいと頼まれました」

ああ、やっと解放されると彼は天にも昇る心地であった。

「お髪《ぐし》結わせる気力ありますかえ？」

「いいえ、音瀬さん、もうこちらを出るだけですから前髪だけ取ってくだされば結構です」

お乗り物の準備ができたとお多聞《たもん》*2が言ってきた。彼は、小振袖に細帯を締めて紫のお高祖頭布を被って中に乗る。戸を開けたまま彼は目礼を送った。

浦尾は表の役人との交渉などで忙殺され、挨拶のひまもない。

「いかいお世話になりました」囁くような小声で彼は音瀬に礼を言った。

「本当に、ご無理ばかりでね……」

あとの言葉が詰まったまま、音瀬は乗り物に手をかけた。それは奥女中ではなく普通の女の顔であった。

彼女もまた張りつめた緊張から解放されたと同時に、一抹の寂しさが漂っていたのであった。

＊1　掻巻＝着物の形で綿が入った大ぶりな寝具。
＊2　お多聞＝又者、駕籠（乗り物）をかついだり、場合により料理もする。

束の間の恋

高道は乗り物の中で、ホーッと嘆息をついた。何でこう、いつも鳥が飛び立つように、ドタバタと次の世界へ移るのだろうか。あの極彩色の大奥とは一体何だったのだろう。己の性を矯《た》め殺して、めくるめく女の園へ飛び込んで、艶めく異常な体験もして……佐和殿とだって何もないのに……こんな人生もうまたとないであろう。

ああ、疲れたな。だがこれで、総て終わったぞと、早朝の出発のゆえか彼は、ついうとうとと微睡《まどろ》んだ。

「お帰りなされませ。お疲れ様でござりまする」と労う声が聞こえて目が醒めた。

土御門家では白々とした明け方に門前や玄関に灯を掲げ、彼の帰りを待っていた。

「ただいま戻りました」

「まあまあ、若さん、えらい大儀やったな。何でも、いろいろ大成功やったそやないか、浦尾さんも面目ほどこしてたいそなご機嫌や。早急な出立で若さんに挨拶もようせんかったさかい重々よろしゅう、くれぐれもよしなにとな……」

晴康は欣喜雀躍の体である。

「それはよろしゅうございました。でももう部屋方の女中たちは、何かおかしいと思い始めている様子で、今日この時でいっぱいだったと思います。そして私自身も……」

「まあ、これだけお身大きいだけでも女形は大変や。ようまあ務めてくれはったな。大きに、大きにご苦労はん。早よ早よべべ脱いで。みわ、若さんのお着替え手伝うてー。若さんの好物の鮑の水貝、うどん、おきよが炊いた治部煮《じぶに》、みな揃うてまっせ」

晴康は彼が髪結う時間もなく、目尻に紅を残したまま、白粉だけ取ったという顔で、くたくたになって帰って来たことで、状況の総てが呑み込めた。

高道は、久しぶりに好物を食べて満足し、我が家に帰ったような気がしていた。

晴康は、うどんを美味しそうに食べている高道の横にべったりと張り着いて、

「何でも若さん保名まで踊らはったそうで女中たちが大騒ぎしてはるて、浦尾さんが、こんなこと初めてや、初めてや言うて、今方々から贈りもんが届いて大変やとか……」

「そういえば、御台所様から、樺《かば》色の振袖を賜りました。でも、もう必要がないので置いて参りましたが」と言って高道は、ふっと眠そうな目をした。

晴康は、俄《にわか》仕込みの陰陽術ともいえぬようなやっつけで、よくも大奥を治めてくれたと心から嬉しさでいっぱいであった。

このあと、高道はとうとう寝床に倒れ込んで泥のように眠った。


次の日の午後、お佐和が訪ねてきた。

彼女は見るたびに江戸の町方風の身拵えになって、曙《あけぼの》色の振り下げ帯が、大奥ではとんと見

かけなかったので新鮮である
高道の部屋に通されると、高道はもうすっかり疲れもとれて元気な様子であった。

公家の日常着でもある鬱金《うこん》色の「小道服」*1を、下には半色《はしたいろ》の小袖に白浮織の奴袴《ぬばかま》姿で胡座《あぐら》をかき、書簡に目を通していた。僅か見ぬ間に、何やら一段と垢抜けて艶やかになっている彼に、お佐和はハッと胸が騒いだ。

「ああ、佐和殿、このたびはどうも様々お世話になり申した」

この若さで、この堂々たる風格は一体ナニ？ と佐和は、ますます彼が神秘的に見え、いまに手の届かぬところに行ってしまうのではないかと、言い知れない不安を感じた。だが彼は居ずまいを正し、丁寧に手をついてお辞儀をする。その姿に佐和はほっとした。

「あの、保名は上手く踊れましたやろか」

「はい。何とか……瀬川さんのお陰です。そのうち、御礼のご挨拶にお訪ねしようと思っております」

「あ〜それなら、若様さえお疲れさんがのうなったら明後日にでもご一緒にいかがどすか。お供させていただきますー」

「ああ、それは助かります。何しろ江戸の町は、まだ不案内なので……ところでお久良さんはお元気で？ しばらくお目にかかりませんが」

「へえ。元気にはね飛んでおりますえ。したがまあ、若君様、まずまずお元気のご様子でほっといたしました。あのーこれは、私が作りました卯の花の炊いたんでおますが、これは内裏にお仕

えの頃、天子様の好物で大膳職のほかに、お末がよく作っておりましたもので、若様のお母上の命婦様にお取り次ぎいただいたものでございます。私はお末から教えてもろたものどすが、若君様のお口に合いますやろかどうか……」

彼は、おずおずと差し出すお佐和が、こよなく可愛らしく見えた。着物の色もあっさりと淡白な江戸風が彼女を美しく引き立てている。

「これはどうも御馳走様、いつも心づかい忝けない」と言いながら彼は深々と礼を返した。

つい一昨日まで極彩色に権高の大奥で、ねっちりとした視線の渦の中に巻き込まれながら、いつバレるかと性の倒錯に己を殺し、ギリギリまで偽りを通した心の緊張がやっと解き放たれ、お佐和にも言えない秘密の大奥とでふくれ上がった心はお佐和に癒されたい思いにかられた。高道の理性は完全に渇えていたのだった。

「佐和殿」

「はい」

「あのー佐和殿？」

「はい。なんえ？」

「さっ佐和さん!!」

高道は己の激情に翻弄された。思わず彼女の側へすり寄るや、佐和の手をとって抱き寄せてしまった。突然の行為に彼女は驚きはしたものの、佐和は、彼の高貴な香りの袖に包まれて天にも昇る陶酔の極みであった。

彼の心はもはや怒涛のごとく歯止めがきかない。彼は佐和を抱きながら、彼女の着物の身八口から震える手を差し込み、少し汗ばんでいる彼女の胸のふくらみを触って酔いしれた。それはまさに乳母の懐に返ったような安堵感と、未知の女体に惑溺していた。

「我が恋路は糸なき三味よ何の音《ね》もせで待ちあかす」——などと、やっと彼にも遅い春の兆しが芽吹いてきたのだった。と、その時弾かれたように高道はハッとして手を引いた。それは忘れかけていたお初の生霊が目の前にばあーッと大きく立ちはだかったような気がして、心が動顚《どうてん》したのだ。

「いや若様、どないぞしはりまして？」

佐和は、あまり急に怖いものでも見たような彼の衝動に、驚いて呆然としている。

高道は後ろを向いて肩で息をしている。今のはなんだ？　お初さんはどうしているのか……？

「若様？」佐和は高道の顔を覗き込んで心配した。

高道は「ああ、いや済まぬ、許してくだされ、とんだことをしてしもうた」と、何とも言えない顔をして空虚な目で宙を見ていた。

佐和は、若君の肩を優しく撫で、「私は、ほんまに嬉しゅうおましたえ。初めてお逢いした時から、このようになるのが夢でおましたさかいなあ」と高道を慰めた。

それでも無言で肩を落としている彼に重ねて言った。

「それでは明後日、朝四つにでも叔母の店までお越しくださいますやろか？」

佐和は気まずい空気を現実に戻して帰りがけの約束をした。

「は、はい何分、その節はよろしく……」

とは言ったものの彼は、心ここにあらずの遠い目をしていた。佐和は、彼方に飛んだ高道を戻そうと、「若様とご一緒できますのもお久しぶり。嬉しゅうおますえ」と覗きこむ。

「はい、どうぞよろしく……」彼は空疎《くうそ》な言葉を繰り返した。

うらうらと花頭窓の障子から差し込む柔らかい日差しが波立つ彼の心を温かく包んだ。

こんな情況を佐和は、若君が初めて女性と対したことによる心の動揺だと思っていた。彼の後ろにある文机に何通かの書状と、書きかけていたらしい文を見て、これ以上の長居は無用と佐和は仕方なく後ろ髪引かれる思いで早々に切り上げたのであった。胸に残る彼の熱い手形を感じながら……。

晴康は朝から機嫌が良かった。将軍へのご挨拶もなく高道が早々に立ち帰った成り行きを、浦尾がうまく取り繕ってくれたうえ、平和になった大奥を将軍はことのほか喜んで高道をお側ご用に使いたいと、たいそうなお気に入りのご様子であったと浦尾からの書状が届いたからである。

＊1　小道服＝江戸中期に高位の公家や大名が、日常の家居の際に着用していた道服と同形で、道服の腰から下の襞を略して縫目とし、簡略化された僧衣にも似ている。

邯鄲《かんたん》の別離

お佐和との夢から醒めた高道は、お初の影も彼方に飛び、久しぶりにその晩快い眠りに入った。そして明日はお佐和と久しぶりの外出ができると喜んだその日の明け方、ドンドンと門扉を叩く音が表でしていた。

何か急を告げる音である。何だろう？　高道に一抹の不安が走った。ドタドタと足早に二、三人が廊下を歩いていく音に、侍であるとすぐ分かった。胸騒ぎがする。

どうやら別室で、晴康が応対しているらしい。居ずまいを正す晴康に、侍は告げる。

「拙者は丸亀藩京極高倫《たかとも》が家臣にて、杉原弦之進と申す者でござる。このたび、嫡子小松丸君、長のお患いの後ご他界召され、大殿も病み伏して久しく、末の黄王丸君は未だ三歳、大殿が若君様にぜひお帰りいただきたいとの仰せにござりまする」

長い口上に晴康は仰天する。将軍は彼の処遇を考慮中に違いなく、だが、国元も急を用する。

「つきましては、こちら様にご投宿の若君様にお目通りよろしくお願い申し上げまする」

「はっ、はい。しばらくお待ちを……」

晴康はさすがに狼狽していた。つい昨日までの上機嫌も消し飛んで、高道の部屋へ横っ跳びにやって来た。

高道は何事かと布団の上に座っていた。もう概略、侍たちの足音と、晴康の慌てぶりでおおよそ見当はついている。彼は晴康を見上げた。

「どういたしましょう。何やら気が重いのですが……」

「大変や、大変やで、どもこもない。若さん一国の運命懸っといやすのやで。とにかく、ご家中の杉原ナントカいうお侍が来て待っといやすさかい、早う着替えておいなはれ。みわっ、うめっ、若さんのお支度てっとうてや。おきよはお侍のお方に早よお茶献じなはれっ」

晴康の声は完全に上ずっていた。この降って湧いた青天の霹靂《へきれき》に対応の仕様もおぼつかない。

「あの、直垂か水干かどちらが……」高道は落ち着いていた。

「か、狩衣じゃろ、早うにの」

晴康はせかせかとまた、侍たちの部屋に戻った。

急変を聞きつけて伊助も馳《か》けつけ、彼の装束上げに懸った。

山吹の綾の狩衣に、薄青の単を重ね、白精好の袴をつけ、立烏帽子を冠った。

仲居のみわが開けた襖の向こうから輝くばかりの高道が現れ、侍二人はハッとその気品に圧倒され、その場に平伏した。

「ご尊顔を拝し奉り」

「挨拶はよい。黄王丸がおるであろう。何も心配ないではないか」

と高道はいきなり切り出した。

侍は慌てて、「いえ、大殿が何としても若君をお連れせよとの仰せにて……」

大殿である父親がどんなに彼を愛していたか高道には知る由もない。

「父上はどのようにお悪いのか」

「あの、若君が国表ご到着までは何とか間に合いまするかどうか……、その先はいかが相成りますやら皆目見当がつきませせぬ」

高道は被せるように、「だが、黄王丸が跡目相続としてすでに幕府の認も得ておろうが」

「ですが、何とぞ。大殿様しきりに若君連れてこよとの仰せゆえ何とぞ、何とぞ至急お帰り願いたく伏してお願い申し上げまする」と少しも噛み合わない。

杉原は、全く気の進まぬ様子の彼が意外であった。時節到来と二つ返事で来ると思っていたのだ。

晴康が見兼ねて、

「若君、てんごう言わんとな。お父上様がもし、永のお別れとなったら大変や。とにかく一度、父君のご病気見舞いにお行きやしたらよろしおす。後継ぎのお方もおられるんやったら、お見舞い終わったら、ちゃっちゃと帰って来はったらよろし。首を長うにして待ってますさかい」

侍たちは口々に言う。「いいえ、それでは困りまする。大殿はぜひ若君にご分封あそばされるおつもりのご遺言是ある由と承りますれば」

一歩も譲らぬ侍の気配に高道は答えた。

「よし、分かった。とにかく父上のご病気を見舞申そう。跡目などとは、その後に考えればよろしい」

侍たちは、何とか三日後に京極家の上屋敷へお越しいただきたく、お迎えに参上すると言って帰って行った。それからの土御門邸は上を下への大騒ぎとなった。

晴康は、至急将軍と浦尾に、事の顚末の書状をしたためる。

高道は一旦京極家の江戸邸に入るので、荷物は全部京極家の者が引き取りに来るということであった。が、行った先で、どうなるかまだ分からないから、荷物は半分で良いと晴康は家の者たちに叫んでいた。大奥から戻って、未だ解かれていない荷物もあり、振袖など、もはや必要もない物もたくさんあって、これらを選り分けねばならず、おきよも、おみわも襷がけで食事をする暇もなく、お末、お端下までかり出された。

高道は、もはやここに至って如皐に御礼どころではなく、こんな経緯を書状にして急ぎ小女を佐和に向けて走らせた。

ついこの間までいた、あの極彩色の世界は一体何だったのだろう。想い出したくもない世界であるのに、今想えばふわふわと天空に遊ぶ蝶の花園であった。そして今慌ただしく姫君として暮らした故国の城へ還るとは、これで世の中を一周して元へ戻るということか、と思いながら懸命に自分の部屋を片付けていた。

晴康は、「若さん、荷物全部持って行きなや、帰ってくるやも知れんさかいな」と言いながら、二度と来ることはないであろうという寂寥感がひたひたと己を責めてくる。

晴康は、いまや仕方なく、彼が京極家へ行く前にせめて殿様として月代《さかやき》*1を剃り、体裁を整えてやらねばと覚悟を定めた。がそれは、何としても京極家の者にやってほしくなかった。つまり、美感覚などもなさそうな侍どもに高道の様変わりなど任せてたまるか、という晴康の心意気であった。

翌朝、京極家から侍二人がやって来た。高道はすでに加冠を済ませているが、変則的な生活の連続であったので、ここで一応武家風の元服を行うというものだ。勿論、晴康が烏帽子《えぼし》親《おや》*2となり、二人の侍立ち合いの元に厳粛に執り行われた。

高道は、昨日と打って変わった武家風の熨斗目《のしめ》の小袖と裃を着け、月代は晴康が剃った。「余人に許すまじ」の気概が晴康に漲っていたのだ。

月代の剃りあとも青々と、すっかり郎君風の大名髷となり、それがこよなく似合うとは、正しく生まれながらの大名であった。

彼は、実の父親の情愛を知らないだけに、晴康の細やかな心遣いが嬉しく有難く、実の親も及ばぬ面倒をみてくれた大恩人であることを深く心に刻んでいた。それにしても国表では、時に依って彼を迫害し、必要とあらばすり寄ってくる。そんな国元に心の底から帰りたくなかった。これでまた反対派が隙をみて、いつ毒でも盛るか……。

母には逢いたいが、生まれ故郷を敵地として赴かねばならぬやり切れなさを、誰が分かってくれるであろうか。それは晴康しかいない。それなのに、彼にとってまた大きな別れが刻々と迫っていた。

「おー何という見事な……」侍たちは彼の変貌ぶりに感嘆の声をあげた。

高道は公家風から一瞬にして大名風となり、中高の顔はキリリと威厳があった。

「おめでとう存じ奉りまする」侍たちは平伏。

高道は、流星のごとく流れゆく我が身の転換の早さに、もはや言葉もなかった。

「何がめでたいものか」晴康はいじけていた。己の魂が脱殻《ぬけがら》化していくのではないかと空虚な目をしばたいて庭を眺めていた。

「形は心をすすめる」の通り、彼は若殿としての気品と貫禄も備わって、もはや別の世界の人間になってしまった。晴康は足元がよろけそうになる。

「ああ、こんなことになるなんて、漠然と予感はあったものの、あまりにも急ではないか。これでは比叡の本覚の時よりひどいぞ」

若が様変わりした分だけ、晴康は、掌中の珠があっという間に滑り落ちていく音を聞き、あっという間に根こそぎ掘り取ってゆかれる思いだった。晴康はどっと白髪が増えたのであった。


いよいよ高道が土御門家を去る日がやって来た。京極家の五定紋を付けた、けし紫の羽織袴を家臣たちが持参し、衣紋方《えもんかた》が甲斐甲斐しく若君のお召替えをしている。それを見た晴康は、もう私の世界は終わったと、何だか体中から血の気が引いていく。外には家臣達が立派な供揃えで待っている。

対《つい》の衣裳に身を包んだ高道は、土御門家の祭壇に長々と手を合わせていた。やがて後ろに何やら一回り小さくなってしまったような晴康が座っている。

高道は振り向き、居ずまいを正して手をつかえた。

「晴康様には実の親も及ばぬご慈愛をいただきました。どんなに有難いことであったか。それを何らお報いすることもならず、ここを立ち去りまするとは甚だ心残り、不本意でござりまするが、何とぞ何とぞ、再びお目にかかれる日までご息災にてあらせられまするよう……」

縷々《るる》と心情を述べながら、あとは言葉にならず、滂沱《ぼうだ》と涙が畳を濡らし、顔を上げることができない。晴康はこの身の置き所もない若君が不憫でならなかった。真直な気性で情にも厚く、何かと気遣ってくれた日常は心から楽しかった。ソリの合わぬ我が子よりもいとおしく、心からのめっていたのに今、そのつっかえ棒を外されて急には立ち直ることもできず、別れの言葉も詰まって何も出てきはしない。

晴康はやっと絞り出すように、「ああ、若さんも体だけは大事にな……」と言って初めて彼の肩に優しく手を置いた。

するとすかさず彼もすり寄って晴康の膝に両手を置いて顔を上げた。眼も瞼も真赤に涙で濡れている。父親に対する甘えの仕草は、これが高道の最初で最後であった。それは国元で毒殺の憂き目にでも逢えば、まさしく今生の別れとなるのだ。

辛い惜別の刻は容赦なく流れていく。

「もはや刻限……」と近習の催促に、心ならずも高道はゆっくりと立ち上がり、静々と出ていく。彼の足袋の白さが晴康の目に焼きついた。

高道は、乗り物の戸を開け、見送りに並んでいる土御門の家人たちに深々と頭を下げた。おきよには、じっと目礼を送る。晴康は一人離れて立っていた。高道は万感こめて晴康を見つめる。胸に迫る思いは同じである。

晴康は一行が見えなくなるまで見送っていた。それはまるで、一人孤島に置き去りにされた俊寛僧都《そうず》*3のようであった。

出会いと別れは人の常、だが別れ様にもいろいろある。いきなり奪われる喪失感はあまりにも残酷だ。唯一の救いは、彼がこの先も生きているということだけだ。そして一国の太守になろうやも知れぬということだ。が、高道も晴康もそんなことはどうでもよかった。とにかく気が付いたら流星のようにあっという間に西海の彼方へ飛び去って行ってしまうのだ。

高道という浮世離れした稀有な若者であっても宇宙のさだめは皆一緒だ。憮然たる思いに沈みながら晴康は足どりも重く邸へ戻る。

と、先刻まで高道が礼拝していた祭壇に、何やら短冊が置かれてあり、別れ難い苦しみがしたためてあった。

邯鄲《かんたん》*4の　夢も敢《あ》へなく
　うたかたに　さだめも辛き　瀬戸のうづ潮

晴康は胸が締めつけられ涙が滲んだ。どんなに後ろ髪引かれていやいや行ったか。

この家のあっという間を邯鄲の「盧生《ろせい》の夢」に例え、一生分の栄華だと思ってくれていたのか。懐かしかるべき故郷が波の坩堝《るつぼ》とは何ということか……。

今すぐ連れ戻してやりたい。宿命という大きな流れに飲み込まれていく小さな星を、どうにもしてやることができない無常を噛みしめた。脱力感で家の調度が皆白く霞んで見えたのであった。

＊1　月代＝男性の頭、額上から後頭部にかけて髪を剃った。平安後期からあるようで、合戦で兜をかぶると頭がむれるので剃ったのがはじまり。特に江戸期に庶民にまで定着。
＊2　烏帽子親＝男子元服（十五歳成人）の髪形を変え服飾を改める儀式にあたり、武家では烏帽子親と烏帽子子は仮の親子関係を結ぶ。
＊3　俊寛僧都＝平家打倒の陰謀を企てた科により、丹波成経、平判官康頼とともに鬼界ヶ島に流刑。後、放免となるが、俊寛だけ許されず、絶海の孤島へ置き去りにされる。
＊4　邯鄲＝中国の地名。邯鄲の夢とは、一生の栄華の浮き沈みは儚いもののたとえ。昔、中国の邯鄲の街で盧生が一炊の間に一生分の栄華の夢を見たという。いたずらに、他人の真似をするのをいましめる意味もある。

東海道の巻

いかなる若君

「若君様、ご到着」

よく通る声が聞こえた。乗り物から下りた高道の瞼はまだ薄赤かった。それが化粧の紅を引いたように美しく、家臣たちは皆盗み見た。

土御門家より、少々殺風景を感じる下屋敷である。高道は、屋敷全体重く静かで、しめやかな仄暗さは小松丸の喪に伏しているせいだと察した。

「仏間に案内《あない》を……」

「畏まりました」

小姓が先に立つ。大きな仏壇に花や供物が供えられている。高道は早速、灯明をあげ、香を焚いた。その仕草があまりにも物慣れていることに皆不思議を感じていた。この若さで？　と。この新しい若君は今までどのようなお暮らしをしておいでだったのだろうか。とにかく皆興味津々であった。

高道は、やおら懐から数珠を取り出した。僧侶が持つ二重の大きな数珠であったが、本覚が若君らしい物と言って、光り輝く水晶をくれたのである。

彼が白い手にそれを懸けると、キラキラと反射した。仏壇に向かい、手を合わせながら
「死に損いの我が身が生きるとは……」と呟いた。

そして延暦寺時代に唱和していた「観音経」と「般若心経」を、経本もなく高らかに読誦した。それはまさに素人のものではない。その声は玲瓏と澄み渡り、本当に若くして命落とした者への哀惜と慰めの心が、居並ぶ家臣たちに無常観とともにしみじみと伝わっていった。家臣たちは今まで呼んだどの僧侶にもない情感に、胸を打たれた。

やおら高道は家臣たちと向き合い、居ずまいを正し、静かに語り始めた。

「花は目のご馳走、香は鼻のご馳走、食は口のご馳走、そして経は耳のご馳走じゃ。特に耳のご馳走は、音によって気がふるえ、それによって霊魂そのものに語りかける心の交信じゃ。観音経は、無明の闇に踏み迷う者を観世音菩薩が自ら灯をもってお救い賜い、また海に溺るる者あらば御名を唱えれば必ずお助けがあるものだと経に書いてある。小松丸は年端も行かぬ者ゆえ迷いの世界で泣いておろうから、この経を捧げたのじゃ」

家臣たちは粛《しゅく》として話に聴き入っていた。いかなれば、どのような育ち方をすればこのようになられるのか、小松丸のためにどのような辛酸をなめてお育ちになられたのか、その恩讐を超越した達観を垣間見て、家臣たちは、それが単なる「形」として見せているのか、本心なのか戸惑いながらも若き主君に大いなる期待を抱いたのであった。

高道は、自分が今まで行ってきたことの何一つ無駄がないと本覚が言った通りであったと痛感する。やがて、奥御殿へ行く回廊を渡る時、大きく息を吸った。ふと庭を見ると薄赤い紅葉が池の汀に姿を映し、微妙に揺れている。

夕暮れの薄墨の空に雁が塒《ねぐら》へ渡っていく。……もののあわれ……か。

高道はしばし呆然と我が身に重ねて眺めていた。池の辺に遅咲きの鷺草《さぎ》*1の可憐な白さを叡山でも見かけたなと想い出していた。

「あのう、よろしゅうございましょうか」

侍女が待っていた。

「若君様、お召替えの衆がお待ち申し上げておりまするが……」

「ああ、そうか」

高道が奥の小座敷に着いて振り返ると、いつの間にか侍女の数が増えて、興味津々の目が光っている。高道は思わずはにかんで顔を赤らめた。

召更えは近習と衣紋方が担当し、珍らしい紫天鵞絨《びろうど》の十徳*2という日常着となった。やれやれ、これからは我が身の思う通りとも違う世界か……。

久しぶりの城中を想い出し、土御門や叡山の暮らしが懐かしく想い出された。そして高道は、ふと、池の端に咲いていた鷺草を摘んできてほしいと侍女に頼んだ。

間もなく年嵩の中臈が花を持ってきて怪訝そうに、

「私どももよう知りませなんだ花をよくご存知でおいであそばされますこと。何ぞ想い出でも？

……」

「おお、この花を仏前に供えてくりゃれ。白鷺のように美しい花の羽に乗って新仏《しんぼとけ》が早く浄土に辿り着けるようにの……」と高道は遠い目をした。

中臈は、高道の大どかな人間性に尊敬を抱き、口には出さぬものの、俗な勘ぐりを恥じたの

だった。

高道が小座敷で休息をとっていると、間もなく侍女たちによって夕餉の膳が運ばれてきた。彼はこの侍女たちを見て、大奥の華やかな何日かを想い出していた。

運命の歯車のなんと速い回転か、それから僅かの間にかようなところで夕餉をいただくとは……誰が想像したであろうか、彼の目は空虚だった。その時侍女が、

「先ほど、土御門様からお文が届きました」

「えっ?」

先刻別れたばかりなのに何事だろうと文を開く。見憶えのある八卦の図が飛び込んできた。

「若さんの行く手には天沢履《てんたくり》という卦が出たから、知っての通りまさに危険な旅路。くれぐれも注意をするよう祭壇に燈明をあげ無事を祈っている。が、護法童子[*3](式神)も送っておくが、それでも心配だから、伊勢の天照御大神様にご祈念するように……」とある。

晴康様のお志、なんと有難いこと、親身も及ばぬ心配りに高道は感動し、しっかりと文を押しいただいた。

晴康は明け方には起きて、祭壇に燈明をあげ、何やら一心に祈っていた。が、突然、

「伊助、伊助」

「はい、御前様」

「どうも若さんが危ない。私の文をもって若さんのところへ行き、おまえも道中に加えてもらいよし」

「それで御前様は大丈夫なのでござりまするか」

「ああ、加吉もおるさかいな」

「では行って参ります。丸亀までのお供でござりますよね」

「そうや、ほんで、あとで順次様子をいろいろ知らせてや」

「はい、畏まりました」

高道は、虎の尾を踏むような危険な旅路になるだろうことは、最初から覚悟していた。大殿の病と、三歳の幼君の迫間にたって逃れられぬ運命なら仕方がない。もし我をしてこの世に要らぬものなら、さっさと神があの世にもっていくであろう。必要ならこの世に降ろして一国の難に立ち向かわせるであろう。

彼は、一心に天照大御神のご神徳を祈った。それは上屋敷へ行き、正室から、病気を理由にお目通りを拒絶された時から深く心に刻んだ堅い決心であったのだ。

出立の朝はすがすがと晴れ渡っていた。

「お髪《ぐし》仕りまする」

近習が道具を持って敷居際に手をつかえていた。

「おお、頼むぞ」

彼は、近習が結ってくれる髪形が、どうもこの前と違っているか？　と思いつつ身を任せていた。近習は、かなり手慣れているようで髻《きつ》を高くして白い房付の打紐で巻き上げ、根のあたりで蝶に結び、髷《まげ》は𩬅《いち》を出さずに月代《さかやき》にのせてある。極めて格調高い形となっていた。

「これは、どうしたのじゃ？」

「はい。若君様には華やかで品格ある形がお似合いなので、古様な冠下の巻立の茶筅《ちゃせん》にいたしました。若君様には当世の本多風より垢抜けた形がお似合いで……」

高道は鏡を見ながら、それはまるで芝居の「千本桜」の義経[*4]のようであったので、内心可笑しさで体が震えた。

近習は不安げに、「あの、だ、駄目でございましょうか？」と高道の顔を窺う。

「いや、良い良い、かなり上手ではないか」

彼は朝からこの剽軽《ひょうきん》な近習に心が和んだ。

萌葱《もえぎ》地に羊歯皮《しだかわ》紋様を金糸で織り出した分裂《ぶっさき》羽織着用の高道の姿は、どう見ても生まれながらの殿様である。それに何とも優雅な物腰は土御門の影響か等々、家臣たちはこの立派な若殿ぶりに皆心魅かれながらも冷静に採点していた。

いざ、出立の刻限となる。高道は、見送りの人々に目礼し、乗り物の人となった。少し戸を開けると、佐和が来ている。高道は少々のバツの悪さと、ほのかな恋心と妙な懐かしさに、思わず乗り物の戸に手をかけた。

佐和は感無量の顔でじっと彼を見つめ、涙を拭えずに立っていた。何と、いとしい女《ひと》だろう。彼は矢立《やたて》をとって懐紙にさらさらと走り書きをした。

めぐり逢ひ　睦言《むつごと》も無く別れつる

名残の花に　恋の苧環《おだまき》

（貴女に苧環の赤い糸をつけたいものだ、三輪山神話になぞらえた歌）

「伊助はおるか？」

「ハイ、控えておりまする」

「この文を、あの佐和殿に届けてくりゃれ」

「はい、畏まりました」

晴康の召し使いの中で、一番目はしの利く伊助を彼につけてくれたのは、大変心丈夫なことであり、改めて晴康に対し、感謝の思いで胸が熱くなった。

乗り物に揺られるのは、あまり好きではない。が、さほど長い歳月でもなかったのにめまぐるしい運命の回転に翻弄《ほんろう》され、ゆっくり考える暇とてなかった。こんな宇宙のしくみもあるのか……と高道は過ぎしこし方をつらつらと思い巡らすのに、この限られた空間の乗り物の中は、誰にも侵されざる格好の居間であった。

＊1　鷺草＝本州・四国・九州の各地に分布する日本特産の名花。白鷺にそっくりな花に悲しい伝説がある。武蔵野伝説は世田谷城主の息女常盤姫の物語。

＊2　十徳＝法衣ではないが、それに準ずる人々の褻《け》の服として用いられた。紗の無地。黒を常とす。結論から言って、「道服」を簡素化した「小道服」よりさらに略されたもの。襟は折り返さず。紐はくけ紐。袖下から褻、または脇入れをつける。袖は平口。学司・技芸を事とする文化人が多く着たもの（広袖の人）。

＊3　護法童子（式神）＝人並み以上の修行を積んだ験者に対して信仰している本尊から与えられた守護神（使役霊）。『枕草子』が語る「護法もつかねば」とは修行の浅い人。安倍晴明の家では、扉の開閉を式神が行っていた。霊的な病気の原因の物怪や悪鬼と戦う存在。「信貴山縁起」にみる剣の式神。

＊4　「義経千本桜」＝人形浄瑠璃の三大名作といわれ、歌舞伎に入ったのは寛延元年、江戸中村座初演。頼朝・義経の不和が芯。二、三、四段目が秀れている。

同志討ち

さて、もうそろそろ川崎辺りであろうか、富士のお山が美しゅうございますという伊助の声に、高道は乗り物の窓からそっと覗いた。富士の女神の御名を頂戴した我が幼名の「咲耶姫」も無事に成長して今日ここにおりまする、どうぞこの先も無事を守らせ給えと祈った。

どこやらで、大きくコンコンと咳込んでいる。どうやら次席家老の乗り物の中であるらしい。家臣の一人が「大事ござりませぬか？」と戸口を窺うと、呻き声が聞こえる。高道は列を止めて乗り物から降り、家老の駕籠脇で「いかがされた？　苦しいのではないか？」と気遣った。この家老も彼の反対派であり、彼が上屋敷に行っても風邪を理由に出て来なかったのだ。

「さては風邪が重くなったか、これは妙薬であるから飲んだが良い」と竹筒の水とともに薬を差し出した。

「有難う存じまする」戸田大膳は一応の礼を言った。

「ああ、それから、私の乗り物の方が少し広めでゆっくりできようから。着物も着重ねて温かくしたが良い。さ、外は寒いから早ういたせ」

家老はよろよろと這い出るように出てきて彼の乗り物に移った。それを見届けて高道は、小姓に、「陣笠の用意はあるな？」

小姓は怪訝な顔して、「はい、いかがなされまするか？」

代わりに家老の駕籠に陣笠かぶって乗るのかと思った小姓が目を丸くしている。

高道は凛々しく陣笠を被るやいな、「馬引けい」と叫んだ。

「あの、お乗り物はよろしゅうござりまするか」

「ああ、馬の方が性に合っておるようだ」と白い歯を見せてにっこり笑った。

侍たちは、この新しい若殿の慣れた手綱捌きを、皆々ただ唖然として眺めていた。

「さあ、出発じゃ。出発！」

何とも凛々しくきびきびとした所作と転換の早さに、皆ひたすら言葉もなく呆然としたまま従っていた。このような若殿を戴ける幸いを、しみじみ噛みしめながら、のんびりとした気分で歩を進めるうち突然、二発の銃声が轟いた。

高道の馬をはじめ竿立ちとなり、急いで手綱を引き絞る。

列は騒然と算を乱し、二、三人の侍が血相変えて銃声の方向に馬を飛ばして行った。

「何事じゃ」と彼が叫ぶやいなや、前を行く彼の乗り物の中から呻き声が漏れ、間もなく外まで血が洩れ出てきた。

「ご家老、ご家老」

侍たちは急いで乗り物の戸を引き開けると中は血溜まりであった。高道は下馬するや、馳《か》け寄って、「戸田、戸田しっかりせい」と大声で叫んだ。

「ご家老は、二の腕をお撃たれのようでござりまする」

との悲痛な小姓の声に高道は指示を飛ばす。

「誰かある、その辺の家から戸板を借りてまいれ」

「爺、大丈夫。傷は浅いぞ、しっかりいたせ。ああ何ということじゃ」

高道は懐から手拭いを取り出して家臣に渡し、家老の腕根をしっかり結んで血止めにせよと言い、「この辺に本陣はあるか?」と家臣に尋ねると、近習が「あの、神奈川本陣はまだ遠うござりまするが、脇本陣なら少し行ったところに」と答える。

「そこまで戸板に乗せて運びやれ。この辺に医者はおるか?」

「ハイ何分、田舎のことでございますので……」

「そうだな、伊助、伊助はおるか?」

「ハイ、こちらでござりまする」

「あのな、すぐ馬を飛ばして土御門の邸へ行って、鉄砲傷に堪能な医者がいたら、すぐ連れてまいるように、脇におるゆえな」

高道はこれだけ早口で言うと、さっと皆を引き連れて去っていった。

何やら不穏な様子を抱えたまま、一行は脇本陣に入った。がやがやと部屋割などのあと、やっと落ち着いたが、侍たちは一様に驚いていた。

家老が撃たれたことよりも、一見優美な若君が決してお飾りの殿でないことは江戸屋敷以来、知ってはいたが、これほど、不測の事態を迅速な判断と行動力で処理し、その素早さはただ者ではないと感嘆していた。まだ二十歳だというのに……と侍たちは、やっとくつろぎの時を得て茶を飲みながら歓談していた。

「ご家老は、若君の第一の反対者であったのが、その同志ともいうべき者にお撃たれなさるとはなあ……」

「もし、お乗り物を替わらなければ若君が犠牲になられたのだぞ」

「全く我々は若君を知らな過ぎたな。どうやら情の厚いお方らしいから、神様が入れ替えたのであろうよ」

「誰ぞが言っておったが、若君はその昔、城中で馬を飛ばしておられたお転婆の『袴姫《はかま》』とか『姫若』とか申されたお方であったとか？」

その声に他の侍たちは一斉に顔見合わせた。

「ナ、何い？　じゃ、あのお方は姫君様かあ？」

「バカ、そんなわけないじゃろ。園生の御方様が、御正室にご遠慮ゆえの方便で咲耶姫様として女子のお育ちになされたのじゃ」

「じゃあ、あの当時の美しい姫様はどうしたので？　このところずっと城にはおられんかったぞ」

「だから、そのへんは誰も知らんのじゃよ、最後が土御門様と分かっているだけで」

「ほーお、いや分かった。つまり昔姫君、今若殿。あの乗馬術は、姫君時代のナニか？」

「シーッ声が高いぞ」

それぞれの喋る声がだんだん大きくなり、さほど大きな家でもなかったので小姓とともに休んでいた高道に筒抜けであり、その姦《かしま》しさはまるで篳篥《ひちりき》のようだと思った。同室にいる小姓が心配そうに高道を窺い見た時、目が合って微笑した。小姓はホッとしていた。高道がいつ怒り出すかとハラハラしていたが、大らかなお方なのだと安心したのだった。

高道はこれによって内部のカラクリがすっかり読めたと心の準備ができて幸いであった。

しばらくして、彼は家老を見舞った。小姓がつききりで看ていた。

「お熱が出てまいりましたが」

「額と脇の下、足の付根を冷やすが良い。江戸の医者が来るまで、この辺の医者は頼んであるのだな」

「はい、それが隣村に行ったきりだとか」

「それでは数を増やして交替でよく冷やしておくよう。隣村へは馬に同乗させ、医者を連れて参るように」と指示を出して部屋を出た。

下手人を捕らえたとの騒ぎが聞こえてきた。高道は、ああ嫌だな、気の重いこと、人が人を裁くとは……と慨嘆した。

自分たちが撃った相手がいわば同志ともいうべき家老であったとは驚愕であり、「痛恨の極み、このうえは我らも自害してお詫びを」と逸る下手人たちは刀を取り上げられ、若君のご裁可を待てと縛《いまし》められていた。

二人ともに窶れ果て頬もこけ、緊張の連続で生気もない。

「誰の指図で若君を狙ったのかといくら尋ねても一向に口を割りませぬ」

侍たちは口々に言った。

高道には誰であるか、先ほどの侍たちの話ですっかり分かっていた。

「それはそうであろう、そんな簡単に明《あきら》かにするような者にこんな役目は私とて頼みはせぬぞ」

そうして彼は優しく聞いた。

「ところで、そなたたちは、何日か前からあの場所におったのか？」

「はい、三日ほど前からにございまする」

「そうか。気の毒にの。ではその間、一度も食事はしておらぬのか？」

「はい、あ、一回だけ持参した握り飯を……こんなに日数がかかるとは思いませなんだゆえ、ほとんど水のみにて……」

「さようか、相分かった」

「唐橋と申すか、この二人にまず温かいお茶を持ってくるように、小姓に伝えてくりゃれ」

「は？　畏まりました」

高道は、下手人に向かって、

「お茶なんどで、どうこうしようではないから安心して心ゆくまで飲むがよい。その後、食事もとらすゆえな。同じ丸亀の仲間であろうが……」

間もなく温かい食事が運ばれてきた。二人とも乾いた土に水が浸み込んでいくように懸命に食べ、これがこの世の最期の食べ納めと噛みしめていた。

高道は食事後、吟味に入った。彼にとってはその必要もなかったが、一応の形式をとったのである。

「しかし、ご苦労な話じゃな、主に仕えるということは……」

下手人たちはこの若殿が何を言わんとしているのか、全神経を集中の眼差しで聞いている。

「直接命令を下した者に忠ならんとせば、間違いなくそちたちは主殺しの不忠者として郷里で名を馳せることになろう。そちたちの子は逆賊の汚名に泣くだろう。親の因果が子に報いとはきつい循環だな。忠義とは大義の次であるべきなのか、それはとても複雑で私にも分からぬ。が、ともあれ私は生きておる。そちたちは主殺しでも何でもない。戸田は腕の怪我だけじゃ。我にも偉大なる神の御加護あり、そちたちにも良き神がついておわしまさば人殺しにもならずに済んだ。大いに神に、先祖に感謝せよ」

と高道はしみじみと述懐した。

「あのう、あのう……」

二人とも項垂れて聞いていたが、顔を上げて何か言おうとしていた。

「言うな、何も言わずとも良い」

彼らが白状すれば、生涯自責に苦しむであろう。また主謀者、連座の者と、事はますます重大になる。

「誠に誠に、ただただ申し訳なきこと、千度のお詫びでも済むことではござりませぬが、拙者はこの君の御ためなら喜んで首討たれる覚悟にござります」

と言って白い経帷子《きょうかたびら》*1になった。

「覚悟は結構、切腹でもしたいのか？　阿呆らしい。だが、このまま放免というのもけじめのつかぬことゆえ、そうじゃ、江戸の下屋敷にて三ヶ月の謹慎じゃ。その間にゆっくり人の世と己の生きざまを考えることじゃ。まずはゆっくり眠れ、ひどい顔じゃぞ」

この裁きはたちまち家臣たちの間に広がった。若い主君の老成された感性なのか、はたまた、あまりにも気宇壮大《きうそうだい》な気性で狭小な武家社会の掟《おきて》にとらわれない天性の自由人なのか。宇宙的な死生観なのか、この世の人だろうかと噂した。

理解を超えた神秘な一面を垣間見て、家来たちは深く主君として畏敬の念をもつとともに、もはや神に近い崇敬の的となった。

土御門の邸は、高道が去ってから火が消えたようである。引退したとはいえ、晴康ならではの仕事も多々あるのに彼はただボーッと庭を眺めたり、祭壇に向かったりしている。

どんどんと門扉を叩く急な音に、晴康はビクッと、「すわっ若さんがやられたか」と誰よりも早く玄関に転《まろ》び出てきた。伊助が高道の近習頭という侍とともに戻って来たのだ。

若君の身代わりに家老がやられたので、早々に鉄砲傷に堪能な医者を頼むということで、晴康もほっと胸をなで下ろした。早速知り合いの名医を頼み、早馬を仕立て伊助とともに送り出した。

伊助は、さぞ高道の近況を知りたいであろう晴康の気持ちを察して、若君様は何事もすべてテキパキと物事解決が迅速《じんそく》で素晴らしい名君になりそうだと家臣たちの評判は上々であると、我がことのように誇らしく早口でまくし立てて出て行った。

晴康は「はぁーっ」と安堵と嬉しさが一度にこみ上げて力が抜けた。

高道が天照大御神様に魂を捧げ、ご神徳を授かったと心から嬉しさがこみ上げてきたのだ。早速公家侍の一人を御礼参りの代参として伊勢へ向かわせたのであった。

＊1　経帷子＝死出の人に着せる、白麻の単衣の着物。

君臣の果し合い

薩埵峠《さつたとうげ》を越えて坂道を下ると興津の川に出る。左手に岸辺、松原越しに海を望む景観がまた一興というところである。平穏を取り戻した一行が坂を下り切ってヤレヤレとひと息つくと、不穏な情勢が口を空けていた。

何やら列の先方が騒《さわが》しく、雄叫《おたけ》びまで聞こえてくる。

「見て参れ」の指示に侍が二人飛んでいき、入れ違いに、

「たっ大変でござりまする。抜刀した者ども四、五人ほどが列の先頭と争っておりまするっ」

と、唐橋貞之助が血相変えて注進してきた。

「よし分かった」高道は自分で乗り物の戸を引き開け、外へ出た。

「あ、若君、とんでもない。外へなど絶対にお出になられませぬよう」

家臣たちは慌てて彼を中へ押し籠めようと必死であった。

それらの家臣たちを撥ね除け、彼は脱兎のごとく先頭へ向かった。手には大刀を掴んでいた。

バラバラと家臣らも慌てて続く。高道はまさに修羅場に立ち、

「名を名乗れ、我は京極高道である」

と一声が周囲をつんざいた。

刺客たちは一瞬たじろいだ。新しい主君がまさか、自ら率先して出て来ようとは思いもよらな

かったからだ。

さあーっと家臣たちが高道の前に立ちはだかる。それらの者に対して、「退きやれっ」と彼は叫んだ。

「その者どもはそちたちを倒す目的にあらず、我一人を倒さばそれで済むこと。犬死にすなっ」

「いいえ、なりませぬ。頼りなき我らと思し召さるな。若君様の御ためなら、たとえ死すとも悔いはいたしませぬ」

暴漢たちは半ば呆気にとられて、この主従たちのやり取りを見ていた。たしか、聞き及ぶ限りでは、市井に埋もれていた若君を拾ったという話で、たかだか興津へ来るまでの間に、かように固い主従の結束となるとは到底信じられなかったのだ。抜刀隊は皆鼻白んで立っていた。

高道は家臣たちを宥めながら、

「そちたちの心は分かった。だがこれは、私と反対派の対決であるから別に討たれても良いのだが、その前に父の見舞いがあるから、そんなわけにもゆかぬ」

「何を仰せられます。さ、ここは我らにお任せなくば君臣の道が立ちませぬ。さあー皆の者」

一斉に高道を取り囲もうとした瞬間、凄まじい彼の一声が谺《こだま》した。

「黙れっ、黙りおろう。退いておれっ、ええ退けと申すに」

見たこともない高道の鋭い気迫に家臣たちは皆一様に驚愕して顔見合わせ、しぶしぶ引き退った。そして刀の鯉口切って、まさに鎧袖一触《がいしゅういっしょく》の体勢をとって見守るしかなかった。

高道は刺客たちに向かって声を張った。

「さて、そちたちはこの身を倒さば目的を達するであろうが、我とても父の顔を見ずしてあの世へ旅立つわけにはゆかぬ。これは、我とそちたちの闘いであるから、一人ずつかかってまいれ。決して決して家臣たちに手は出すな。同じ国の同胞ではないか。豆を煮るに、豆殻を以て炊くような同志討ちがあってなろうか」

彼は大声で、全員に響くように、「魏」の国の悲しい詩にたとえて諭した。

敵も味方もしゅんとして、ますます戦意が殺《そ》がれていく。

高道は、剣の道には自信があり、かつて城中にいた時、彼らの腕のほどは大体分かっていたのだ。何やら気おくれ気味の彼らに、

「さあ、その方たちにも面目があろう。一人ずつかかって参れ。二人一緒でも良いぞ」

と言って彼は静かに大刀を抜き放った。伊助はこれを見て、「オヤ？　若君は小太刀が得意では？」と思い、一応それを抱いて控えていた。が、すらりと長身の若君には大刀の方が似合うと思った。

海風が吹いてきて、少しずつ松林が揺れ始め、夕日を撫でているようである。

高道は少し眩しそうな目をしながら大刀を青眼《せいがん》に構えて彼らを待つ。その姿は、あまりにも静かで凄味があり、鋭い切っ先から高道の魂が飛び出していくようであった。

敵の二人は幾度の刃交ぜもなく、高道に刃を折られ、飛ばされ、あっという間に倒れていた。あとの二人もこれを見て戦意喪失のまま刃に倒れた。そして最後の一人に見憶えがあった。丸亀一の使い手であることは経験済みである。

「しばらくだな、京の闇討《やみう》ちには敗れたが、今日は負けぬぞ」

彼は静かに言ったつもりだが相手は自分が憶えられていることを知って愕然とし、なぜか狼敗して、刃先が微妙に震えていた。が、油断はならない。白昼堂々主君と刃を交えるなど、まさに前代未聞、僭上《せんじょう》の沙汰《さた》であることを敵も充分自覚しているからこそ刃先に震えが走ることを家臣たちも分かっており、皆固唾《かたず》をのんで見守っていた。一瞬たりとも主君に刃が及べば容赦《ようしゃ》はしない意気ごみで皆目はらんらんとしている。さすが互いに凄まじい剣捌きで激しく闘い、「美」をも感じさせるほどであったが、やがて鍔ぜり合いの時「カッ」と若君に目を見つめられ、一瞬相手が目を伏せた瞬間に勝敗は定まったと家臣たちは思った。やがて高道の鋭い気合とともに倒れていった。手に汗握って控えていた家臣たちは一斉に「うお〜っ」と叫んで彼の元に馳《か》け寄った。

「おめでとう存じまする我が君!!」

言いしれない感動の嵐で、皆々平伏し、感極まって男泣きする者もいたのだった。

本来なら、自分たちこそ楯になるべきを、この君は……この君は……と皆々胸が詰まり、言葉もなかった。

高道は、唐橋貞之助を呼んだ。

「この者たちは皆死んではおらぬ。峰《みね》打《う》ちじゃ。あとで気がつくであろうから、そちはまたご苦労じゃが、この者たちを駕籠に乗せて後から参るように、いつもこんな役目で済まんがのう、頼むぞ」

「畏まりました。して『唐丸《とうまる》』にいたしまするか？」

「いや、試合をいたしたのだから罪人を乗せる唐丸ではなく辻駕籠で。だが次は許さんぞ」

高道はさわやかに言った。家臣たちは呆れた。この期に及んでもなお試合と称して家来を庇う心根に、この君のためならという「葉隠《はがくれ》」*1の心に皆燃えたのだった。一瞬の攻防《こうぼう》は終わり、何事もなかったように周囲は静けさを取り戻した。

遠くの松林を彩る夕日がことのほか美しい。

高道は、思わず天を仰ぐ。手に提げた粟田口吉光《あわたぐちよしみつ》*2の業物《わざもの》に日の光が映えてキラキラとしている。荘厳な刀の霊力を感じさせる、凄味の瞬間であった。

高道はまたまた天祖神にお救いを賜り、感謝感動の胸の内を天に向かって念波を送った後、静かに大刀を鞘《さや》におさめると、伊助がそっと履物を揃《そろ》えた。

その一部始終を見ていた家臣たちは、この主君がますます神々しく見え、この君にお仕えできることは、一世一代の武門の誉《ほまれ》とまで思い、子々孫々にこの崇高な精神を伝えていきたいものだと思った。

このこと以来、誰言うとなく、この若君を「天麗の君」と称えたのだった。天から授かった身も心も麗しい主君であると……。

このあと、唐橋貞之助は高道の内意を受け、ご領内騒動を謝して馬一頭を献上するよう御歩行頭に内命を伝えた。

＊1　葉隠＝佐賀の鍋島藩に伝わった武士の修養書。
＊2　粟田口吉光＝鎌倉中期の刀匠。十三世紀頃、粟田口一族のうち、本来短刀づくりの名手。反りのない直刀で、表裏に護摩箸を彫り込んでいる。室町期には正宗と人気を二分した。

神宮と公達

この後、高道はあまり好みではない乗り物の人となっていた。

こんな時に沈思黙考の機会が与えられるとは皮肉なものだとしながら、この先静寂な思考を巡らす時があるとも思えなかった。

「せまじきものは宮仕え」というが、人間というものは心ない上司の命令のために人生を狂わされ、命まで落とすことがある。どんな不合理であっても結局流れというものから逃れることができない狭間に落ちて苦しむことがある。そんな配剤とはいかなるところから巡ってくるのか……。

高道はそれからそれへと本覚や晴康のことを走馬燈のように回想した。

そして御目見えで見た将軍の不服そうな顔は、きっと何か新しいものを求めているに違いない。だが、あの晴康様に西洋の暦法や天文学的計数の割り出しなどとても無理であろう。もし、許されるなら自分が得意な計数でお助けできたら……などと微睡みながら夢は途方もなく脳裏を馳《か》け巡る。

平和になった一行からは、丸子のトロロ汁や石部の茶屋にうまい菜飯《なめし》と田楽《でんがく》がある等々、先の楽しみがどこからともなく、おぼろげに聞こえてきて、高道は家臣たちの安らぎにホッとしていた。

伊勢路は、昨夜雨であったらしく太古の樹々もしっとりと清冽であった。高道はぜひとも神宮への御礼に全身を以って捧げたいと立ち寄ったのであった。

高道は御師《おし》*1の屋敷にて直衣《のうし》*2の装束に着替え、初冠《ういこうぶり》ともいうべき冠を戴き、冠直衣《こうぶりのうし》の姿にて宇治橋の手前で乗り物から降り立った。薄い水縹《はなだ》に鶴と松を織り出した直衣《のうし》に紅の単《ひとえ》、萌葱の指貫姿で、宇治橋を渡る姿は清々と美しく、誰もが光源氏を想像した。

さすがの伊助もしばし見惚れ、家臣たちはただ呆然として言葉もない。まさに理想の公達の姿がそこにあった。

京極家は大名としての禄高よりも官位の高い家筋なので、高道自身、地下《ちげ》であっても、一日晴れの冠直衣も良いであろうとの晴康の厚意であった。おそらくこれが高道の最後の装束になろうと極めて斬新な意匠で餞《はなむけ》としたのであった。高道自身も、晴康と一緒に参拝するような気がして、心から感動と嬉しさがこみ上げてきたその時、一瞬「神」の気配を感じてハッと額突《ぬかづ》き、全身全霊を捧げたのであった。

参詣の後、高道は再び嫌いな乗り物の人となり、珍しく引き籠るようになってしまった。

父殿に分封の提案をされても、自分としては国の本体を削りたくはない。が、もうこのたびの道中で、はっきりと家臣たちの己に対する心情が分かってしまった以上、それを見捨てることも

苦しい。しかし初志願望の僧侶の道も捨て難く……。

どうにかならぬものか。叡山にいればこそ、晴康様とも時折はお逢いしてお助けし、ご恩返しもできように……しかし父殿の遺言となったらもう観念か等々、とつおいつ高道の心は千々に乱れ、もはや反対派の勢力などどうでもよいほど、新たに起こった深刻な問題に懊悩の闇を彷徨っていたのであった。


ある日、伊助がひょっこり土御門家に帰って来た。

丸亀までの供のはずであったが、晴康様が心配だからここまででよろしいと若様がおっしゃいまして、伊勢でお別れ申しましたというのだ。

「おお、まあ若さんらしいな。それで国表まで無事着いたのやろか？」

「はい。若君のご近習の唐橋貞之助様と懇意になりましてご一報いただきました」

「それは重畳《ちょうじょう》」

「しかし、ご近習の一人が何気なく呟かれたことは存外的を射ているのではと……」

「何が？」

「一刻も離すまいとする家臣たちから、できれば逃れたいとお思いの若君と今後どのように歩み寄っていけば良いのか……などと」

「ハハハハ、そやろなあ」

晴康は遠い目をした。

「しかし若君もお心優しいお方でいらっしゃいますから、縋りつく家臣たちに背を向けることも……」

「あのお子はなあ、丸亀より都の方がずっと性に合うであろうになあ……」と晴康は落胆した。

「そうでございましょう。御前様が餞《はなむけ》の冠直衣も誠にようお似合いでした。でも、変なことをお尋ねで、多度津の浦から船に乗るのは誰でもいつでも乗れるのか？　と真剣に聞いておいででした。まさか、とは思いますが、ある日突然若君が編笠かぶってお一人で訪れたりして……」

「おお、ぜひそうあって欲しいもんや……」


晴康は己に限界がきていることを悟っていた。

それゆえに、高道という優秀な媒体をもって、古来の暦は勿論、西洋暦なども勉強させたいと思っていた。そして天の気、地の気、月の気、人間の気、これらが宇宙にどのような影響と調和を与え、どう順環していくのか等々、これからの世に珍しい学究として育てたかった。だが、晴康の意志などより、高道のもつ宿命の転換の方がはるかに速かったのだ。

人間の意志が運命を作り出していく流れと、意志とは関係なく周囲の回転に巻き込まれていく流れがある。人間の力だけではどうにもならない。その背後にあるは生殺与奪《せいさつよだつ》も思いのままである宇宙の偉大なる神々の存在以外何ものでもなかろう。

高道と初対面の時、何気なく星の話をしたが、その輝ける星は、一刻の素晴らしい瞬きの尾を引いて西海へ飛び去ってしまった。

高道の唯一の置き土産は、晴康がこの世における一番理想とする公卿の美しい形というものを演じて見せてくれたことである。

晴康は、ふと、この喪失感を埋めるべく、近々瑠璃堂へ行って本覚と昔話がしてみたいものだと思った。


こうして晴康が、実の息子のいる若狭の自宅へ行くでもなく、後ろ向きにめり込んでいくのを心配した伊助は、再び高道と逢える方法を考え出した。

「あのう、京極家の累代の菩提寺は近江の徳源院でございましたよね、若君様のことでございますから必ずやご参詣あそばされるのでは？」

「あっそやった、良いところに気ィついたな、ほんまやなあ」

晴康の顔にみるみる赤みがさしてきた。

晴康に高道の手紙を渡し、部屋を出て振り返ると、晴康は背を丸めてくい入るように読んでいる。

やがて……琵琶の音が聞こえてきた。

それはかつて高道が加冠の時、彼の龍笛と合奏した曲であり、土御門家が最も華やかであったひと頃を想い出されているのだと伊助は思った。

晴康は庭に向かって一心に弾いている。その力ない背中は、そこはかとなく寂しかった。

そして伊助は、高道が早く近江の徳源院へ参詣できるよう心から祈ったのであった。

＊1　御師＝伊勢神宮の神官の末、年末に神宮で出す暦や御祓いを諸国に配り、また参拝の人の案内や、宿を業とした者。
＊2　直衣＝好みの色目を用いたことに「雑袍」とも言う。直衣宣下（雑袍勅許）を蒙った臣下は直衣姿で宮中参内することができた。

巫女無常

伏見の船着場に一人の巫女が降り立った。

黒塗りの笠を打ち上げ、何やら感慨深げに、しかもそっと周囲を眺めている。

ふわりと纏った薄ものの白い襌《ちはや》*1が風に揺れ、夕暮れの空に烏の啼き声が横切っていく。

「あの時と同じだ……」と巫女は呟き、やがて俯き加減に京の街に向かって歩きはじめた。

「もし、そこな巫女様」と町女房が声をかけてきた。

「はい、私でござりまするか？」

「あのー折り入ってお頼みしたいことがおますのやけど、これから先お急ぎやろか？」

「ええ、街中《まちなか》の方まで参りまするが……」

「そないやったら、もう日は暮れますさかい、ぜひ私どもの家でお泊まりやしておくれやすな」

「はあ？　どうして？」

「へえ、あの、実はウットコの娘が心を病んで難儀しとりまして……ぜひ巫女様にお祓いと、できますれば調伏などお頼《たの》申したいと……」

見ればかなり大店の内儀が、供の女中を連れて立っていた。青眉に鉄漿黒《かねぐろ》*2の美しい妻女である。

「さあ……私は未だ未熟者で、果たしてそちら様のお望みが叶えられますかどうか……」

「いえいえ、結果はどないでもよろしゅうおます。ぜひぜひ。今までいろいろのお方に見てもろたんどすが、さっぱり効き目があらしまへんさかい、どうでもよろしのえ」

「はあ……そのようにお困りでしたら、私の方法で及ぶかどうか分かりませんが、やってみましょう」

「いやあ大きに……家はすぐそこの造り酒屋をやっております州屋《しまや》いいますねん。ほんま助かりました。神様にお仕えの巫女様は初めてどすさかい」「ね」と供の女中を顧みた。

やがて長身の巫女は酒屋の内儀に連れられて、見知らぬ家へ入っていった。

本当に界隈でも大店で、店の者たちが忙しそうにガラガラと大戸を下ろしている最中である。

巫女は、一度は来たものの、京の街中《まちなか》まで夜道を辿るのは今一つ自信がなく、渡りに舟とついて来たのだった。

「笠、お預かりしまひょ」

笠を取っても、なお、下に水浅黄の頭巾を真深に被り、決して取ることはなかった。それはまさしく、世を忍ぶ高道の仮の姿であった。

酒屋の内儀は、凄い気品の巫女さんが来たもんだと内心驚き、それから以後大変なもてなしであった。

高道は場所こそ違え、やはり大店の投宿は、初めて京へ来た時と同じ流れであると思った。が、その時は、初めて「女」から「男」に変身した瞬間であり、今再び同じ道を、今度は「男」から「女」に身を窶して逃亡劇を演じている。高道は、なんと皮肉な運命かと自嘲した。

「お娘御はどちらに？」高道は部屋を見回した。

「はい。奥の部屋どすさかい、ご案内申します」

くねくねと坪庭を囲む廊下を通り、行き止まりの部屋にボーッと灯りがついていた。そこに十七歳ほどの痩せこけた娘が、青い顔をして寝ている。

高道は大奥の狐退治で多少の自信があった。

「二人きりにしてくだされ」

「へえ。畏まりました」内儀は半分安心したように出て行った。

高道は娘の枕元に躙《にじ》り寄り、静かに座って娘の顔を覗いた。

これは憑かれている目ではないな、確信とともに娘の図星を言い当てた。

「お嬢さん、嫁ぎ先がお嫌なのでしょう？」

「えっ？　よくお分かりで。母も知らんことやのに」

「貴女は物怪でも何でもありませぬ。ただただ嫁ぎ先嫌さにお芝居していると見ました。しかし、そうしているうちに本当に物怪を呼んでしまうこともあるのです。寝たきりは良くありませぬぞ」

「はあ、では、どうしたら……」

「まず、少しでも日の光を浴びて、一生懸命、食べ物をいただくことです。そして次に諸々《もろもろ》の因果、因縁すべて全部ほどき、新しく幸せな自分として生まれ変わりました、と唱えるのです。何度も」

「ほんまどすかあ？　ほなやってみます」

「私はこれにて退出しますので、何かあったらお呼びください。あとはお嬢さんお一人で、真剣にお唱えください。そしてお相手の方のお名も唱えるのです。さすればお相手が嫌であっても、それがさほど嫌でなくなり、情況もまた変わってくるというものです」

「えーっ？　ほんまにー？　大きに、ほんまやろか」


その翌朝、娘はご飯が食べたいと言って早々と起きてきた。家族は目を丸くして驚き、巫女様のお陰とばかり泣いて喜んだ。よほど手を焼いていたらしい。

高道は土御門邸宛てに飛脚を出した後、酒屋の家でふるまわれた朝食を摂っていたが、もともと酒には弱く、朝からほのかに匂う酒の香にいまひとつ食欲がわかなかった。

酒屋の夫婦は、何とお礼を申してよいかなどと感激し、これはほんの「祈祷料」だと言って法外な謝礼を包んだ。祈祷などでは、と言っても聞く耳ではなかった。

高道は、生まれて初めて自分で稼ぐことを知ったのであった。

霧雨がけむる朝、酒屋の夫婦に送り出されて、高道は元の船着き場に戻って来たところ、いきなりバラバラと京極の侍たちに取り囲まれてしまった。

酒屋夫婦はびっくりし、呆然と立っている。侍たちが口々に、若君、若君と叫んでいるからである。

伊助は遠くからその情景を見ていた。全速力で走りながら見ていると、何やら高道と侍たちが押し問答しているらしい様子が見てとれ、そのうちパッと高道が逃げ出した。続いて侍たちも後を追う。まるで蜂が飛散するように一点めがけて集団が飛んでいく。

やっと伊助がその場に辿り着いた時はもはや影もなかった。

ああ、やっぱり若君は戻っていらしたのだ。伊助は感無量であった。

城を抜け出すのにお嫌な女装までして、しかも髪を結わず垂髪の巫女だとお考えになったのだろう。家臣たちも巫女ならきっと奥御殿にご用の者と思うであろうから怪しまれない等々、伊助は思いを巡らした。しかし、出ていく巫女は見ても、入って来た姿は誰も見ていないのである。これで城は大騒ぎとなった。

そして唐橋貞之助、杉原弦之進が若君の行く先は絶対土御門と、目星をつけてやって来たのだった。

今までここに若君がおられたなんて……。

伊助は呆然と霧雨が降る中を立ち尽くしていた。この先どうなさるおつもりなのか……。

雨に霞んだ柳が幸薄い若君の行く末を暗示しているようで、伊助は憮然としていた。そして若君が首に懸けていた数珠が切れて道に散らばっているのを一つ一つ拾い集めているうち、そこはかとなく悲しみがこみ上げてきた。良いお方なのになあと……。

晴康は、こんなにまでしても、そうまでしても帰って来てくれたかと胸迫り、感極まって泥まみれの数珠を抱いて号泣した。そしてもう再び『流星』のような生涯を送ることのないように彼の身の上を祈ったのであった。

庭に咲く早咲きの藤の花が、艶《あで》やかに風に揺れている。

晴康は泣き腫れた顔でボーッと庭を眺めていた。過去の春を想い出しながら……。

その艶やかな薄紫の藤の向こうから陽炎《かげろう》のようにゆらゆらと高道が現れ、美しい装束を纏って可愛らしい蝶と連舞《つれまい》をしている。そんな雅な姿が絵巻のように目の前を浮遊していくのを見て、思わず目を細めて呟いた。

まぼろしを
うつし世にみる空しさよ
昔を今に花の公達

＊1　襷（千早）＝神に仕える女性の用いるたすき、巫女が神事に用いる衣服。
＊2　鉄漿黒＝お歯黒。タンニン酸第二鉄、鉄漿水（酢酸第一鉄水溶液）と五倍粉《ふしのこ》とを化合させたもの。歯を丈夫にする。昭和初期まで見られた。日本における歴史は古く、『魏志倭人伝』『古事記』などにもある。本来成人の証。

あとがき

書き終えてみれば夢のような五年間で、その間、延暦寺の僧籍のお方や、丸亀の役所のお方はじめ、風俗史学会の様々の方々のお世話になり有難く感謝しております。

文と挿画で悪戦苦闘いたしましたが、ご了解いただきたいことがございます。

挿画の髪形には多少誇張した部分があります。装束の色彩、文様などにも多少の創意を加えております。そして文中の「保名」は、文政元年に三世尾上菊五郎が所作事として初演しておりますので、この小説の設定の頃にはまだ存在しない演目です。

何とぞお許し下さいますようお願い申し上げます。

また、フィクションの物語として、近江の京極氏のつもりで大部分書き終えて、改めて藩史を見ましたところ、事実との一致が多々あり、丸亀へ転封の事実もあり、幼君夭逝、名前の一字まで一致があり、頭を抱えました。近江の「徳源院」へ参詣してお詫び申し上げた次第です。

様々ございましたが、平成の御伽草子としてお楽しみいただけましたら幸いでございます。

著者プロフィール

大原 梨恵子（おおはら りえこ）

1934 年　東京生まれ
1953 年　和洋女子短期大学を中退、日本風俗史学会会員
2009 年　儀礼文化学会会員

1979 年　装道礼法きもの学院スタイリスト科専任講師、現在、同学院教授科特別講師（時代結髪服飾史）

1988 年　『黒髪の文化史』出版（築地書館）
1990 年　フランスの書籍『JAPON』に「日本の美」と題して着物と着物柄について執筆
2015 年　アメリカ、サンフランシスコ・アジア美術館「日本浮世絵版画展」において、『黒髪の文化史』挿画が展示された（2 月 20 日～ 3 月 10 日）

流星の貴公子

2016年 5 月15日　初版第 1 刷発行

著　者　大原 梨恵子
発行者　瓜谷 綱延
発行所　株式会社文芸社
〒160-0022　東京都新宿区新宿1－10－1
電話　03-5369-3060（代表）
03-5369-2299（販売）

印刷所　株式会社フクイン

ISBN978-4-286-17261-3